Knul (signature)

흐리멍덩했던 것들이
선명하게 느껴지는 시간

지나친 사랑의 인사
지워진 사람의 안부

　　　　수민 (signature)

드리난 기다림으로
내일은 꼭 보고싶노라고

　　　　주정현 (signature)

여러분 부디
잘 웃고! 잘 자고! 잘 놀다가!
꿈같은 이야기가 필요할 때 들르세요
김동이

　　　　(signature)

(signature)

숨을 두려워 마세요.
더 큰 도약을 위해
잠시 움츠리는 것이니...

들꽃은 언제나
안부를 기다렸다

권수빈

임수민

주정현

김송이

이다빈

권수빈

우리는 하루마다 바뀌고
생각은 늘 급히 우리를 따라옵니다.
지나치면 다시 떠올릴 수 없는 것들을
기억하고 간직하기 위해 기록합니다.

눈에 보이지 않는 것들은
눈에 보이는 것들보다
훨씬 더 소중하고 사랑스럽거나
훨씬 더 슬프고 고통스럽습니다.

아마도 존재할 나의 미래를 위해
10대의 아름다움과 10대의 초라함을

열아홉의 나를 여기 남겨둡니다.

instagram   @lloxx. 00
email   rnjstnqls18@naver.com

『푸르름이 가득한 세상』

임수민

살기 좋은 삶은 무엇일까
고민하는 시간은 끝이 없습니다.

미로 같은 삶 속에서
어제는 무엇을 했는지
오늘은 무엇을 하는지
내일은 무엇을 해야 하는지

복잡한 세상에서
외로이 아픔을 보내고 있는 사람들에게

다독이는 말과 좋아한다는 말이
곁에 없는 사람들에게

당신, 참 멋지게 살고 있다고
당신, 참 괜찮은 사람이라고
이 말들을 꼭 해주고 싶습니다.

instagram   @gidae_da_
email   gidaeda@naver.com

『삶이라는 지도에 선 사람들』

주정현

인간의 속은
그 무엇으로도 채울 수 없다는 절규가
그 무엇이라도
한없이 인간의 속에 부어줄 수 있다는
환희로 전락하기를 꿈꾸네
이방인이 된 듯하다가도
자연의 신록에 경탄하며
음악과 사람 감상하기 좋아하고
새로운 단어와 고초를 기다리는 사람
사랑이 만연한 사회를 원하고.

instagram   @joojungb2
email   iwjdgus@naver.com

『불가역적, 엮은 고백』

김송이

어릴 적 습관처럼 만졌던
베갯잇 귀퉁이처럼
메모장 귀퉁이를 만져봅니다
닳도록 읽어보는 이야기가 되기를 소원하며
차례 없이 등장하는 인물과 사건을
수시로 기다립니다
어쩌다 남겨진 구름이 흘러와 고양이 모양을
한 채로 다가왔을 땐 루루라는 이름을 줬고
달팽이 모양이었을 때는 디디라는 이름을 줬어요
그렇게 메모장의 이야기는 비처럼 시작됩니다
이름을 가지면 비로써 시작돼요
그러기에
이야기를 가진 구름이 남겨지는 하루를
고대하는 매일매일을 보내요
머릿속에 모든 말들이 이름을 가질 수 있는 날이
오도록.

instagram   @xoong. xooon
email   dlxl741@naver.com

『꿈채널번호 0507』

이다빈

꿈결 같았던 2019년 한여름이 지나고
폭풍우가 다시 몰아치던 그때 잠시 모든 것을 멈추고,
진정한 나 자신을 되찾을 때까지 온전한 쉼을 택했습니다.

쉬는 동안 멈춘 것 같았지만, 사실 성장하고 있었음을…

일상에서 볼 수 있고 느낄 수 있는 것들로
담백하게 삶을 빗대어 보고 싶었고,
2019년 이후 현재까지의
심리변화를 표현하고 싶었습니다.

불안함이 도래해도 내가 끝내지 않는 이상
절대 끝이 아니며 인생은 생각보다 길기에
충분히, 아니, 반드시,
내 인생을 꽃잎으로 가득 채울 수 있습니다.

instagram   @b_wise_writer
email   writerlee0911@gmail.com
youtube   @muybienTabien23

『기약 없는 맑은 날을 기다립니다』

권수빈

『푸르름이 가득한 세상』

결핍은 항상 곁에 머무르고
시선은 늘 시간을 가둡니다

쉴 틈 없이 지나가
위로받지 못한 순간의 아픔들이
찰나 아름다웠던 세월이

상처 없도록 얼룩지지 않도록
잊지 못할 익숙한 추억 속에
고운 형태로 머무르길 바랍니다

청춘

너의 이야기를 베껴 나의 작품을 만들고
그 청춘을 나에게 입히고 싶었다

네가 골라준 글자의 생김새는
꼭 너를 닮아 화면 속을 가득 채웠다

빠르게 나열되는 단어 속에
내 것이라고 사용할 수 있는 단어는 없었다

그것들은 온전히, 그대로 고스란히
모두 너의 형용사들이었다

여전히 거짓말처럼 맑음만을 유지하는
반대 세상 속의 날씨와
나의 문학은 꼭 형제처럼 닮았다

내 소원은 너의 영향으로
나의 것을 잃고 바뀌어버린 너의 글꼴을

너의 쉼표를 자랑하는 것이었다

나의 글이 절대 화려하지 않았던 것은
네가 나의 글을 찾을 수 있을 만한 곳에
머물기 위함이었다

매번 마지막 문장을 지워내면서
나는 너의 형용사를 하나씩 하나씩
너에게 돌려주었다

내면의 경험

조각나기 직전의 내면
이 밤에 몰입하기 좋은 크기였다

늦춰진 시간만큼이나 늘어난 생각들과

낯선 시간에 드는 낯선 생각
늦은 시간에 듣는 아는 노래는
새벽 해가 뜨기 전까지의 나를 바꾼다

팔을 귀 옆으로 올리고 몸에 힘을 주어
굳은 몸을 피는 행위는
아침과 거리가 먼 시간대에도 반복된다

아침과 낮이 바쁘게 지나간 날은
새벽에게 여유를 붙인다

단순히 낮과 밤이 바뀐 것과는 확연히 다른
어느 훌륭한 사람도 표현할 수 없는
그런 날들의 밤들이다

조각나지 않은 내면
이 밤에 나를 잃기 딱 좋은 생김새였다

언어의 성장

거창한 말을 전하려면 많은 단어가 필요하다
유명한 말을 전하려면 많은 정보가 필요하다
익숙한 말을 전하려면 많은 시간이 필요하다

새로운 말을 만들어내기 전에
본래 존재하던 말을 이해해야 했고

그 말들을 이해하기 위해서는
정해진 해석을 따라야 했다

나만이 할 수 있는 해석을 원하는 것은

지독하게 이기적인 꿈에 머무르는 나에게
나만의 공간을 만들어주고 싶기 때문이다

존재하는 모순적인 말에 대답하듯
포기하고 싶어도 살 수 있는 방법을 찾는다

내가 사는 세상 속에서
내가 원하는 나의 세상을 위해

나는 어떤 것을 제대로 정의할 수 있는가

비교

나의 꿈 하루와 너의 현실 하루가
너의 현실 하루와 나의 꿈 하루가 되어

너의 꿈은 나의 현실
나의 꿈은 너의 현실

우리가 서로의 나날들을 살았다면
우리가 하루를 바꾸어낼 수 있었다면

우리의 삶은 조금이나마 행복했을 테다

깊게 가라앉은 삶에 손을 뻗으니
시린 공기가 함께 끌려와
위태롭게 들고 있던 행복과 희망이
끝내 힘없이 떨어져 버린다

나의 하루를 너에게 내어줄 테니
너의 하루를 나에게 주었으면

고통

건조함을 견디지 못해 터져버린 살의 아픔
흔히 말해 뼛속까지 시린 추위
마이너스를 내리찍는 미운 계절의 온도

건조함 속 유일했던 울음은 바람이 앗아가고
마이너스 앞에 모순적으로 붙은 날씨 맑음

한참을 말 그대로
겨울은 나에게 재앙이라 불렸다

쨍쨍한 여름과 대비되는 겨울은
운명이라는 이름을 품기에는 너무 시렸다

많지 않은 네 가지의 계절
네 가지의 계절을 다 서술하기에는
모든 계절이 나에게 재앙으로 남을까

그중 한 가지의 계절을 희생해
겨울을 만들었다

끝없이 건조하고 시린 겨울 속
성장의 고통이 남았다

미화

잘 지내던 밤이야
사람을 잊기까지

오늘은 비가 왔어
밤은 비를 만나

그들은
밤의 슬픔을 아름다움으로 바꾸어

가벼운 일상 속 하나로 담아낸다

밤에 부는 바람은
아침에게 자리를 빼앗기기 전까지도
방향을 잡지 못한다

밤에 휩쓸려 속삭이는 나는

생각할 시간이 필요해

밤에 휩쓸려 눈을 감는 일상이

혼자만의 시간이 필요해

밤에 휩쓸려 인연을 끊어내는 과정이

오늘의 밤에는
어떤 이를 떠올리고 어떤 이를 잊었나
어떤 이를 원망했고 어떤 이를 잃었나

뒤늦게 내리는 비를 끌어모아
쏟아부은 마무리는

가여운 나의 일상은
그들의 아름다운 밤이 되었다

소통

쿵, 쿵 흐름이 깨지고

나에게 쥐어진 시간이 깨지면
째깍, 째깍 시계가 고장 난다

아, 부서진 틈으로 하는 소통은
손을 가만히 두지 못할 정도로 좋았음에

나보다 빠르게 굴러가는 시간을 잡고 싶어
나보다 느리게 굴러가는 시간을 보고 싶어

쿵, 쿵 무너진 시계들이 차례로 떨어뜨린
시곗바늘을 주워다가
째깍, 째깍 움직이는 시계에 붙인다

수많은 시곗바늘이 모이면
저 밖 세상과 어울릴 수 있을까

쿵, 쿵,
째깍, 째깍,

고장 난 시계가 더는 움직이지 않았다

변화

시곗바늘이 위치를 바꿔 간다

세상이 달라져 갈 때 너도 바뀐다

가지런했던 내 마음이 무너지기 시작한다

하늘색이 아닌 하늘이
나와는 달리 기분이 좋아 보인다

너와 나는
같은 하늘 아래 우연으로 써진다

하늘을 투명하게 가리던 창문이 비틀거린다
비어있던 손이 떨린다

그대로 눈물이 흐른다

눈물은 볼을 타지 못하고
먼저 바닥에 떨어져 버린다

거울에 비친 내 모습은
달래주기도 망설여질 정도로 초라하다

의미

사랑과 사람
한 끗 차이로 다른 단어로 분류된
단어 두 가지는 나에게

지난 나에게 소중했던
지난 나에게 중요한 것으로 나뉜다

사랑, 끝이 둥글지만 곱지 못한 것에
나는 매번 항복을 외쳤으나

사람, 나는 곧 사랑을 벗어나
그 밖의 더 큰 범위를 감싸 안았다

여러 의미의 사람을 겉도는 사이에
잃어버린 나의 표현에

또다시 오류와 마주했다

나의 답이 사랑도 사람도 아니라면
나는 어디에서 눈을 떠야 나를 되찾을까

어린 사랑

질기게도 끝나지 않던 마지막은
뜨거웠던 날 실핏줄이 터져
얼굴에 빨간 점이 생겨날 때

끝없이 흐르는 눈물과 함께 막을 내렸다

고작이라고 부르는 삶
그 안에 우리는 서툰 사랑만을 키웠다

성숙함, 그것은 우리의 바람이었고

우리가 지겨워지도록 한 것은
사랑 뒤에 숨은 폄하

네가 나에게 사랑을 고하지 않았더라면,
너에게 닿아 불씨가 커질 말을 삼키고

행복했다는 소설 속 결말을 내지 못한 채
영원을 맹세한 꽃은 결국 져버렸다
햇살 속 피어난 것,

그것은 너를 떠올리는 매개체가 되었다

감정의 형태

사랑은 형태를 보인다

이리저리 뭉그러뜨려진 것을
다시 펴 다림질하고
손으로 힘을 줘 쥐어도 보고

반으로 잘라 남에게 맡기기도
돌아온 반의반을 가져다 붙이기도 한다

매일 아픈 사랑을
감당해야 한다는 사실이
내 사랑을 도리어 과하게 만들었다

나의 사랑은
원래 그런 것이었다

사랑하는 사람아
나의 서툴고 아픈 사랑을 보고
떠나가지 말아 달라고

사랑하는 사람아
나의 구겨진 자국이 선명한 사랑에
부담가지지 말아 달라고

이름도 모르는 이에게 빼앗겨
반만 남은 사랑을 건네어도
나를 원망하지 말아 달라고

누구의 사랑도 넘쳐나지 않고
사랑은 그 어느 것도 완벽하지 못하다

의미 없고 고통스러운 커다란 감정이
이 세상을 망치고 있다고 해도

사람들은 세상을 사랑으로 연결 지을까

아름다움의 관계

겁나는 것을 사랑하는 일은

무엇보다 간절한 일이었음을
무엇보다 실망스러운 일이었음을

깨달음에도 불구하고

겁나는 것은 아름다워
몰래 눈 안에 품을 수밖에 없었음을

사랑을 갈망하여
겁을 열망하지만

이상 속 사랑에 닿아
겁마저 아름다운 이름을 갖도록

물들어 가는 마음이
무슨 색을 지니었는지도 모른 채

환상 속에서 벗어나지 않고
두려움을 찾아 헤맨다

기다림

목 놓아 부르면 더 멀어질 이름입니다
소리 내어 울면 뒷걸음 칠 사람입니다

숨 한 번 크게 쉬고
눈 몇 번 깜박거리면
순식간에 사라질 추억들입니다

소중하게 여기지 않았던 시간은
끝내 단단히 쌓이지 못한 기억입니다

당신은 어쩌면 나를 기억할지도 모릅니다
다만 그 기억은 완벽하지 못할 것입니다

당신은 나를 찾아올지도 모릅니다
다만 그 부름은 그리움은 아닐 것입니다

나는 모든 서러움을 감당할 수 있을까
나는 모든 불안함을 견뎌낼 수 있을까

매일 그리 둘러싸여 울음을 참아냅니다

고백의 본질

굴려낸 말들이
당신에게 멈추어 설 수 있을까요?

계절의 반 틈 그 사이로
수많은 가사를 훔쳤어요

나도 몰래 소리를 끊임없이 키운
당신의 목소리를 여전히 난 기억해요

꾸준함은 늘 감사하고
색다름은 늘 놀라워서

그 노래보다 더 아름다운 말은
도저히 찾을 수가 없네요

빨라지던 발걸음이 유일하게
멈출 수 있었던 곳은

당신을 발견하고
그 큰 존재를 마주친
그 작은 빈틈 앞이라고

느린 시간이 빨랐던 시간이 되면
그제라도 전해지리라 믿어요

고작 이것뿐인 글자에 말을 덧붙여

당신의 노랫말의 절반 채 되지 않는
작은 글을 내밀어 미안합니다

꾸준히 굴려낸 것들이라
오는 길에 조금 흘린 것이 분명해요

많은 계절이 지나도
진심만은 그대로 전해지길 바라요

별의 소원

수많은 별을 안고서
너를 보는 게 익숙해져 갈 때
나는 동경과 사랑을 구분하기 바빴다

수많은 별을 품고서
돌아선 너를 볼 때

나는 내가 안은 것이
분명 사랑이었음을 알았다

너와 닮고 싶다
너와 닮은 점 하나 없는 나는
사랑을 닮고 싶었다

너를 그려내고 싶었다
너와 닮은 나를 그려내고 싶었다

어쩌면 잠깐의 꿈이었을지도 모르는

저 멀리 빛나는 나의 사랑임을
내 품속 별들에게 알리고 싶었다

계절의 향

나는 여름의 밤도 겨울의 밤도
그 어느 밤도 사랑한 적 없지만

모든 밤의 냄새를 기억하는 일은
여전히 나에게 큰 아픔이야

위로를 관심을 사랑을 간절히
지나쳐온 시간은 의미가 없었고
간직하지 못한 내면은
계절이 끝나길 바라고 있어

여전히 밤과 함께 불안함은 반복되고
끝나지 않는 방해는 내 밤을 망치다가

불안한 잠에서 깨어나

밤 냄새는 떠나가지 않지만
밤을 마음껏 사랑하기에는
편히 밤을 꿈꿀 수 없어서

너의 밤은 안전하니
너의 밤은 정말 위로받고 살까

잠식

몽땅 젖어버린 나를 끌어안으며
오늘을 끔찍한 날이라 잊으려 애쓴다

다짐을 반복해도 매번 휘청이며
하루건너 실패한 하루를 살아가도
지겹지도 않은지 초라한 것들에
나를 비유한다

중심을 잡을 수 없고
종국엔 미련에 잠식되어 무너져도

돌이킬 수 없을 만큼 가라앉아도
나를 일으킬 생각조차 하지 않는다

내가 늦은 시간만큼 바스러지고
무뎌진 아픔만큼 뭉그러진다
무어라 쉽게 정의 내릴 수 없으나
잊을 수 없을 만큼 나를 찾아오는 것들은

나의 깨달음을 괜한 것으로 만들고
나의 들뜸을 불안함으로 바꾼다

이유를 만들어낼 필요도 없었고
무언가를 바치려들 필요 또한 없었다

고작 이질감이 느껴지는 괜한 불안에
망가진 것들을 떠맡은 것이다

알아챘음에도 불구하고
하루 또 멍청한 하루를 살아간다

사라질 꽃

나라는 꽃을 피우기 위해

누군가의 것을 모방하고
누군가의 꽃을 꺾었습니다

나는 꽃입니다
나를 뽐내려 애씁니다

나는 꽃입니다
나를 짓밟아도 웃습니다

나는 꽃입니다
나를 미워하고 해쳐도

결국 망가져 볼품없대도

나는 여전히 살아
잊히지 않으려
사라지지 않으려

꿈을 꾸는 꽃입니다

마지막 봄

오늘의 온도가 정해질 때
나는 어디에 있을까

어제 내가 마지막으로 본 것은
도대체 무엇이었을까

오늘에서 내일로 넘어가는
그사이 나는 무엇을 해낼 것이며
그사이 나는 무엇을 알아낼까

꽃이 지지 않는 세상이 오면
그 까만 시간 동안 나는
무엇을 찾을 수 있을까

꽃이 지지 않던 세상이 가면
또 밝은 시간 동안 나는
무엇을 그려낼 수 있을까

열아홉

나는 꽃이 지는 이 세상에서
꽃이 지지 않는 세상을 찾을 수 있을까

기회

겨우 만들어낸 것은
이것이 가로채고

이제야 이룬 것은
저것이 뛰어넘는다

내가 늘 늦었던 이유는
아직도 잘 알 수 없지만

그건 분명 어떤 존재와
끔찍하게 연관되었고
그건 아마 나의 숨을
옥죄이는 것이다

매일 견뎌내 살아도 아픈
새 삶의 통증이었다

고요는 심장을 쥐고
강한 힘을 준다

내가 평생 제자리에
머무를 수밖에 없도록

무의식

아무 의미 없는 곳에서
의미 있는 소리를 내었다

어떤 기대도 없는 곳에서
기대를 넘은 변화를 만들었다

남는 것 없다
어떤 말도 아무 말도
사용할 것이 없다
이 단어도 이를 위한 서술어도

알 수 없는 것들을 들이밀고서
아느냐 물음을 이야기한다면

나는 나를 위해 일어설 줄 몰라
쉬이 안다고 할 수 있는 것이 없다고

마음은 늘 머무르지만
아무 의미도 어떤 기대도 없는 탓에

사용한 것들은 무엇 하나 남기지 않고
빠르게 사라졌다

불변

오른쪽 손바닥을 오른쪽 귀에
왼쪽 손바닥을 왼쪽 귀에

그대로 귀를 감싸 쥔 그만큼
그 영역 안을 벗어나지 않고

생각보다 더 오래 천천히
떠돌아다니는 것들은
감정 속의 예술

닿지 않는 것들의 음악

그것들이 내 귓가에 머물기 위해
크고 작은 집을 만들었다

그것들이 내게 공유되기 위해
크고 작은 매체를 내어주었다

지겨운 예술 속 감정은
몇 년이 지나도 사라지지 않았다

귀에 들려오는 음악에만
의지하며 세상의 소음을 차단한다

이어폰으로 들리는 음악 속의 목소리는
밤길 속 혼자 걷는 나를
지켜줄 수 없다는 걸 알면서도

나는 음악과 함께 거닐었다

無와 有

어떤 사실은
결정 내려질 수 없다

짙게 녹아내린 무언가는
저를 알리기 위해 애쓰나

바쁜 움직임 속에
그저 빠르게 사라질 뿐이다

무시당할 수밖에 없고
숨죽여 훔쳐볼 수밖에 없다

눈을 감고
마음을 속인다

매번 그 자리에 머물던
사실은 인정받지 못한다

그저 그런 것이었다

양귀비

너에게 미움을 받는다는 게
너의 틀에서 소외될 조건이라면

남의 눈에는 죄 없는 내가
너의 틀 안에서는
매일같이 죄를 안고 산다면

나는 너를 이해하지 못하겠으나
너의 품을 벗어나기는 낯설어

이기적인 너의 품속에서
나마저 이기적인 사람이 될까

눈물의 의미는 말할 수 없고
등을 돌린 너의 위로는
나의 의미마저 없애버리려

시간을 낭비하며 앓아도
모든 죄를 나에게 넘긴다

나의 지난 희극은 너의 품이었고
나의 지속되는 비극도 너의 품이었다

시작의 가르침

그대여 숨을 나누어주면

끄덕이는 고개와
우리는 눈을 맞추어

마치 아무도 없는 퍼레이드 같은
이 순간은 잊히지 않을

사람과 사랑

고인 눈물에 속삭인다
나를 이해해

돌아가는 세상은 더 이상
나를 그리지 않고
나를 바라지 않아

추억으로도 남기지 말아 달라고
평소처럼 하면 돼
원래의 빈자리처럼 두었으면

하루가 갈수록
익숙해져, 동시에 희미해짐과

배운 적 없는 인생을
잠시나마 알게 해주었던

나의 고마운 사랑
뜨거웠던 시간

不可抗力

행복하고자 불렀던 사랑이
불행으로 발견될 때

사랑하고자 애썼던 마음이
쉽게 바스러질 때

나를 기다린다며 열어둔
너의 창문 하나가
바람에 못 이겨 닫힐 때

아픔과 이별
나는 무엇을 위해 사랑했는가

마음을 긁어낼 수 없어
온기가 떠나간 곳에 홀로 남아

나를 남겨둔 너를 기다린다

康衢煙月

희미한 달빛 아래
그림자를 나란히 두면

밤바다가 보이는 곳에서
당신의 모습을 그리고

당신을 위해 밤새 쓴
시 한 편을 읽으렵니다

당신의 손등에 입을 맞추어

시리고도 뜨거운 날
환한 달빛이 일렁일 때
예쁜 그림을 읊으렵니다

우편을 살랑 데려간 바람이
시끄럽게 굴러가는 바퀴가
지붕을 두드리는 비들이

그 모든 것들이 사랑스러울 때

나는 당신을 생각합니다

확신

모순적인 것들 중에
가장 모순적인 것

사람은 모두 이기적이고
사람은 모두 이기적이라

그들은 모두 이기적이라
그들은 모두 이기적이다

벗어날 수 없는 세상
벗어날 수 없는 변수는

구역질이 나도록
예상이 가는 것들이다

확실한 것들만을 끝까지
끌어안으리라 다짐한다

모순을 벗어날 수 없어
진심을 받아들일 수 없어

묶인 세상에서의 해방까지

모순적이지 않은 것들의
변수가 아닌 것들의 관계를

작고 작은 크기로
소란스럽지 않게 지키리라

밤의 시작

사실 궁금하지 않을 것들
나의 것도 그들의 것도

사회를 외면하기 시작한 순간은
나의 언어를 뱉을 수 있는 시작이었고

마지막으로 돌아본 세상은
눈에 보이는 무게로 가라앉아있었다

어느새 지워진 것들에
복잡했던 머릿속이 흐트러지고

아직 사라지지 않은 것들에
불안함은 다시 복잡함을 떨어뜨린다

오늘은 세지 않은 나의 밤중 하나이자

가장 복잡하고 복합적인 밤이 될 것이다

지금껏 내가 나열한 밤은

복합적인 원인과 감정의 서술이었다

시점의 변화

구체적이지 않은 공간도
넓고 아름다웠다

밤은 세상을 더 좁게 만들까
착각이 들 정도로
푸르름이 가득한 세상이었다

떠나야 한다면
세상이 아름다울 때

아름다워야 한다면
세상을 떠날 때

기어코 세상과 엮였으면 한다

쉽사리 잊을 수 없는 아픈 경험도
쉽게 떠오르지 않는 행복의 정의도

모두 나의 세상의 일부였으니

내 세상에 비가 그친 다음 날의 확신은
나를 매번 다른 방향으로 이끌었다

심야의 夢

사랑으로 시작했던 밤은
나아가 성장을 불렀고
나아가 나만의 것을 만들었다

다양한 장르로 뻗어나감으로
고를 수 있는 날씨가
고를 수 있는 온도가 많아지고

미련 남긴 저기
그들의 입 모양을 잊었다

어둠 속에서 떨리는 눈이
쉽게 떠올릴 수 없는 어떤 것이

썩 마음에 들지 않지만
오늘 밤은 길어도 좋다

이 밤은 나의 취미라서
부담을 가질 필요 없었다

이 밤은 나의 취미라서
누군가를 이해시킬 필요 없었다

길지 않더라도
나를 담아내기에는 충분한
이 밤이 만족스럽다

많은 생각과 초조함이 얽힌 밤

나는 오늘도 공유할 밤을 만들었고
나는 오늘도 나의 밤을 이해했다

임수민

『삶이라는 지도에 선 사람들』

우리 어제를 살았고
우리 오늘을 살아야 하죠.
우리 내일도 함께 살아요.

여기 적힌 위로 한 줌 주워
하루를 보내고
여기 적힌 희망 한 줌 주워
꽃을 피우고
여기 적힌 사랑 한 줌 주워
당신을 펼치세요.

사람 냄새

사람.
냄새.

왜 사람 향기가 아니라
사람 냄새일까

설렘의 상큼한 향기
행복의 달콤한 향기
질투의 비릿한 향기

산만한 향기가 섞여 사람인가 보다
복잡한 감정이 섞여 사랑인가 보다

사랑합니다
난 냄새 나는 사람

사람, 사랑.
냄새. 냄새.
그리고 너.

수정

네가 좋아하는 색
네가 좋아하는 향
네가 좋아하는 말

나도 이제 좋아하기로 했다

사랑은 계속 나를 수정한다.

고백

설렘을 정의하면
시작이 될까요

기쁨을 정의하면
오늘이 될까요

용기를 정의하면
지금이 될까요

사랑을 정의하면
내가 될까요.

밤바다

고요히 빛나는 달
이 밤의 조명

잔잔히 참견하는 파도
이 밤의 박수

연이은 발도장 찍힌 모래사장
이 밤의 악보

슬며시 맞추는 입술
이 밤의 노래

이 밤
연인의 무대가 막을 올린다.

네잎클로버

근사한 바람이 부는 날

너의 우아한 행복
세 잎이 흔들린다

네 잎에 내 잎을 더하면
행운도 함께 올 텐데

곁에서 묵묵히 맴돌 테니
내 등에 기대어 오면 좋을 거 같구나.

들꽃축제

꽃들이 웃고
나비들도 손뼉 치는
핑크빛의 이야기

바람에 이르고
나무에 알리는
심술궂은 봄

둘의 시작은 한 평이어도
하나의 끝으로 만 평을 채운다

봄에 앉아
드넓은 사랑을 터트린다.

카세트테이프 1

네모난 필름 열심히 돌아간다
되감기인지 재생인지 빨리감기인지도
모른 채.

달력

무료한 시간이
밟혀 납작해진다

기억에 남는 숫자가 없고
뻣뻣해지는 날짜만 늘어난다

직선 틀에 하루를 욱여넣고
평평하게 찍히는
굴곡 없는 날짜

도장 같은 시간을
오늘도 겨우 넘긴다.

출근

투명한 푸른빛
씌워진 새벽

새벽 버스는
물 없는 어항

뻐끔뻐끔 졸린 눈들은
이리저리 정신없이 헤엄친다

눈 아래 꿈을 위해
힘차게 두 눈 부릅뜬다

푸른 새벽이 가면
빨간 태양이 오듯

눈동자에도
동이 튼다.

눈

지구보다 작은
나의 두 행성

서로를 곁에 두고
같은 곳을 바라보는

만남의 윤택을 담고
이별의 잉태를 담근

닿을 수 없는
나만의 푸른 별이여

한낱 나에게 줄 수 있는
푸름을 위해
거울 앞에 선다.

아린 끝

아름다움을 물고 있는 입술이
슬픔을 씹는다

머금은 말이 쓴맛인지 단맛인지 모른 채
끝말만 남긴다

영원을 약속한 심장이
눈물을 태운다

숨겨둔 감정이 슬픈지 아픈지도 모를 만큼
끝 정만 보인다

소중히 아껴둔 말은 뱉지 못한 사랑 되어
마침표를 찍고

소중한 사람은 영원할 거라는
착각이 미워진다

맺지 못한 끝
아린 사랑이 되고

영원을 착각한 끝
아픈 사람이 된다.

무례한 예의

왜 기억은 성가신지
왜 추억으로 상기시키는지

길거리에서 만난 바람이
과거를 훑는다

순서 정확하지 않은 기억들이
멋진 추억들로 배열된다

예고 없는 바람에
예의 없어진 감정

웃음 진 울음으로
과거를 마주했다

좀 무례하게.

마음의 지문

사랑해서
그리워서
보고파서

종이에 연필을 비벼봅니다

글은
마음의 지문이니

이 마음 변하지 않았음을
증명합니다.

일기

어두운 방
작은 조명 아래
줄 공책 하나

줄에 글씨를
건다

바짝 마른 어제는
걷지 않고

축축 젖은 글씨를
넌다

둥근 조명 햇살 되어
포근한 글씨로 마르기를,

어두운 밤
공책 위에서
빨래를 합니다.

검은 새

검은 새야
너의 작은 주둥이에
하얀 꽃씨 물어 오너라

검은 새야
너의 작은 몸통에서
보드라운 깃털 하나 내어 주거라

검은 새야
너의 두 날개가 자유롭고
너의 두 다리가 희망차다

검은 새야
네가 물고 온 하얀 꽃씨가
벌써 민들레가 되었다

검은 새야
네가 내어 준 깃털로
다른 편지를 썼다

새야
너의 자유와 희망이 한 생명을 피웠다.

해시태그

손가락으로 엮는 그물
네 개의 얇은 줄에 갇힌 우리

그물들은 우리를
엮어주고 가둬둔다

바다에 그물을 던져
참치가 잡히면
참치가 바다의 전부인가

연한 줄로 건져진 것
세상 전부가 아니니

비좁은 세상 사이를
유연하게 비집고
유영하자

우리는 유동적이고
자유로운 지느러미를
소유하고 있다.

악성

우산 위로
비 쓰러진다

툭-
얇은 소리 남겨두고

우산대 잡은 손에
힘 들어간다

뚝-
아픈 소리 남겨두고

산성비
악성이 되어
그의 방패를 부수고

가담한 비들이
그를 부러뜨린다

얇은 악성은
그를 조각내기에 충분히 아팠다.

오후 3시의 치료

태양 따라 걷는
창문의 시침과 분침

하늘의 청춘이
대나무 살 사이로 부서지는 시간

병 하나 마음에 품은
따가운 그대

쓰라림을 유리병에 담고
조각난 햇살로 닫는다

산란한 하루를
찬란하게 치료한다

햇살의 조각은
새살을 위한 소독약.

카세트테이프 2

상처도 녹음 된
잡음 섞인 테이프
아물 새도 없이 또 다른 오늘이 녹음된다.

방문

부지런한 고통은
오늘 밤에도 찾아왔다

엉성한 감정을 입고
꿉꿉한 밤을 보낸다

아침에 뜨는 태양이
이 눈물을 다 말려주겠지

다음날은
느긋한 행복을 모아
산뜻한 밤을 보내야지.

도시의 덩굴

회색빛의 도시는
왜 그렇게 외로웠나

그리운 눈물 따라 자라나는 덩굴은
어느새 외로운 건물을 감싸고 있다

우린 서로를 붙잡고 살아가는 덩굴

푸르게 그리고 더 높이
서로에게 손 내밀며 올라가자

회색빛의 도시가
덩굴로 물들 때까지

우리는 서로를 매달고
푸르게 그리고 더 높이.

청소

남산 타워 위
먼지로 가려진 별

남산 둘레길에
삐뚤빼뚤한 발자국을 찍는다

각자의 발자국을 찍는 사람들이
열심히 오른다

어긋난 눈빛을 힐긋 넘기며
묘한 응원을 보낸다

서툰 발자국들이
하늘을 청소한다

외로운 별 주변에는
가려진 별들이 있다

혼자라 외로웠고 혼자라 어두웠구나

이제는 함께하자
말갛게 빛나자.

인어

어른들은 인어가 되어
뭉개진 강 속을 배회한다

강물이 흔들리는 이유는
인어의 노래가 흐르고 있기에

물비린내가 나는 이유는
인어의 눈물이 고여 있기에

그윽한 노래와
아늑한 눈물이
가득한
뭉개진 어른들.

어른아이들

둥근 아이는 어디로 갔나
네모난 어른은 어디에서 왔나

아이는 한 해마다 깎이고 패여
각진 못난 어른이 되었다

못 꽂힌 무수한 가슴들
생채기 가득한 어른들

못난 서로를 맞닿아
모서리를 보듬어

서툴고 구석진 위로를
서로에게 문지른다

부드럽게 문지른 모서리가
조금씩 둥글어진다

못 나고 못난
모서리 곁에 모서리들

모서리를 굴려 동그라미가 되어본다.

촛불

힘겨운
사람들의 마음

케이크 위
배배 꼬인 초와 초가 기대
그날을 따스하게 축하하듯

초라한 순간일 때
네 초
나에게 기대고

네 초
또 다른 순간의 등대가 되어
한아름 안아주자

은은한 온도가 전염되고
촛농 떨어질 때

배배 꼬인 마음이
세상으로 따스하게 녹는다.

단풍

단풍아
정산에서 어여쁘게 물들어
나를 부르는구나

깊은숨 쉬며
올라간 꼭대기에서
붉은 손 하나 붙잡아

지그시 숨을 감고
너를 느낀다

따뜻한 봄의 초록빛 새싹
무더운 여름 지나
선선한 가을의 잎을 가지게 되었구나

다양한 온도 거쳐
이리 어여쁘게 물들었구나

너의 일생으로
알록달록 색칠하는 법을
한 수 배웠구나.

푸름이 오기까지

썩는다
그 먹구름이

곰팡이 핀 비
머리카락 타고 내려와

그대
귀 끝을 찌릿하게 꼬집고
발끝에서 비릿한 냄새 밀어내

온몸 휩쓸고 가면
새 구름이
자리를 대신한다

헌 구름 흘려보낸 그대 위로
푸른 하늘이
찾아온다.

느린 달리기

걱정은
늘 빠르다

먼저 달려가
결승선에서 시작을 바라보고
아직 걸음도 떼지 못한 것들을 비웃는다

새침한 걱정아
도전은 단체전이라
느린 것도 함께 가야 한단다

선을 이탈하지 않게
먼저 도착한 결승선에서
힘찬 응원해주기를

용기야
느려도 괜찮다.

인간이여

자신을 의심하고 검열하는 인간이여
스스로를 아프게 하는 것만이
어둠을 버틸 수 있는가

망설임은 마음의 그림자인가
그림자는 용기의 명도인가

미움이 버려진 한숨이라면
한숨에 자신을 베어버렸는가

경이로운 빛 마주할 힘은
정녕 자신에게 있거늘
스스로를 힘들게 하는
혐오의 칼을 내려두거라.

비염

팽
답답한 코를 푼다
퍽 시원하지 않다

불쾌한 말은
꽤나 진득해
머릿속에서 떨어지지 않는다

퉤
꽉 막힌 가래를 뱉는다
조금 시원하다

상쾌한 말은
퍽 끈끈해
마음속에서 떨어지지 않는다

끈적한 미움은 끝없고
끈끈한 용서도 끝없다

팽-퉤-팽-퉤-팽-퉤-
끝없는 평화의 출발선
우리는 알고 있다.

우리가 얼마나 많은 것을

달려온 위로의 방향과
감정의 위치가 길을 잃는다

담담한 끄덕임을 위해
쌓은 돌담들은
누구를 위한 가림막이었을까

대범한 걸음을 위해
고쳐 맨 신발 끈은
누구를 위한 포장이었을까

울고 있는 이를 지나치고
넘어져 있는 이를 무시하고
뒤처져 있는 이를 버려두고

우리가 얼마나 많은 것을
모른 척하고 살아왔는지
우리가 얼마나 많은 것을
잊고 살아왔는지
우리가 얼마나 많은 것을
같이 할 수 있는지
왜 지나쳐야 알 수 있는지.

을지로

우연하게 만난
어긋난 골목들을 거닐다

부산하게 진열된
어수선한 물건들을 만난다

따끔하게 흐르는
어지러운 대화들이 들리면

불친절한 사랑이
허공에 떠다닌다

유순하고 풋풋한 간판만이
흐려진 과거를 깜박이고 있다.

권태기

나의 안녕보다
핸드폰의 안부를 먼저 챙긴다

둘이 본 연극보다
열 손가락의 탭댄스를 더 즐긴다

유리구슬 같은 대화보다
순간의 이야기에 하트를 보낸다

나 이렇게 말라가는데
기계의 양분을 먼저 채운다

너라는 충전기가 필요한데
손을 뺏겨버렸다.

유기

당신은 나를 잃어버렸고
나는 당신을 쫓아가지 못했을 뿐

내 전부가 멀어지는 모습
아직 진하게 남아있습니다

모르는 이 다가오면
다른 그림 찾기를 할 뿐

여전히 끝 길에 머물러 있습니다

뜨거운 햇살이 행복한 추억을 증발시키고
가쁜 숨이 다정한 냄새를 빼앗아 가지만

아직,
내 전부를 많이 보고 싶습니다

나의 끝 길은
당신의 품이었으면,

꼭 나를 찾아가 주세요.

카세트테이프 3

잡음 섞인 카세트
어제가 쌓인 테이프

되감아 본 잡음은 음악이 되었다
오늘이 있기에.

녹

노을이 내린다
낮의 늙음이 가득 내린다
녹슨 주황이 서린다

노부부가 걷는다
보행기와 지팡이가 함께 걷는다
녹슨 박자가 흐른다

보행기는 가득 채워진 4분음표
지팡이는 반쯤 채워진 2분음표
노을 한줄기는 그사이 쉼표

녹슨 노을을 천천히 연주하는
노부부의 선율은 녹슨 추억이다.

겨울의 여명

코끝 시린 바람
발끝 시린 온도
모든 끝이 시린 겨울

겨울의 새벽은
낮은 공기로 가득하다

야옹야옹 친구 찾는 고양이의 걸음은
오전 3시 냉소한 달빛처럼
우아한 관심

흔들흔들 분주한 연인의 눈맞춤은
오전 6시 눈치 보는 해처럼
은밀한 찰나

시린 겨울의 공기를
제각각의 명사로 훔친다

낮게 깔린 사랑이
따뜻하게 떠오른다.

봄의 비명

꽃을 부르는 아이야
저 겨울 너무 춥다

봄 심으면
단단히 언 들판
사르르 녹겠지

샘내지 말고 봄을 가져와
향긋한 너를 피워 주라.

계절

격자무늬 창문 뒤
키 작은 나무에
사계절이 피었다

연약한 가지에
꽃, 비, 눈의 자국이 선명하다

삐걱대는 창문 밀면
예쁜 열매 하나가
방을 침범한다

따뜻하고 덥고
시원하고 추운

아슬한 차이로
피우고 맺히며 내리는

격자무늬 방 안
네 어린 꿈에도
계절이 온다.

맺은 별

어른이 된다는 건

결국
한 꺼풀의 빛을 입고
하나의 별로 진다는 것

밝은 흔적으로 맺힌다는 것.

주정현

『불가역적, 엮은 고백』

무척 사적인 고달픔과
잡념과 사랑을 적게 되어 유감입니다
그리고 읽어주셔서 진심으로 감사합니다
저는 결국 세상 밖으로 제 글을 들춥니다
당연히 상상조차 하지 않았습니다
이들이 위태롭고 나약하게 느껴졌기 때문입니다
그러나 이제는 인정하겠습니다
저는 단어가 있어 존재하고 있습니다
저는 문장을 사랑하고 있었습니다
저는 살고 싶어서 뭐라도 끄적였나 봅니다
아무쪼록 제 부족한 글이 단 한 명에게는
쌀 한 톨의 숨구멍을 찍어줄 수 있기를 소망하며

그때의 나

그네에 발이 닿지 않던 때로 돌아가고 싶다
시소에서 허공을 차지하던 때로
미끄럼틀을 집처럼 드나들던 때로
엄마가 창문에 서서 나를 부르던 때로
경비아저씨와 친구 하던 때로
커다란 느티나무를 보며 마음을 환기하던 때로
친구와 손가락으로 절교를 그리던 때로
급식이 무엇일까 몹시 궁금하던 그때로

욕구의 증발을 체감할 수 없도록
그 모든 것이 자극적이던 때로 돌아가서
다시 그 향기를 차분히 한 모금 마시고
다시 그 온기를 충분히 끌어안고 싶어라

크고 푸른 바다

그 경사를 만들지 말았어야 해
쥐도 새도 모르게 나를 쪼개어 냈구나
모래와 섞여 퇴적된다, 네 품에

그 바다를 들려주지 말 걸 그랬어
상기된 모습이 그렇게 예쁜 줄 몰랐지

아무리 건조해도 마르지 않는 네 생각

그리울 거야 그래서 울 거야
밀어 밀어도 튀어나온다

오묘한 눈동자가 자꾸만 술처럼 삼켜지고
어설픈 비아냥이 새삼스레 달짝지근해

우연히 사랑할 때

옆머리를 타고 귀의 모퉁이에서 툭 그을려
턱에서 목을 잇는 햇살
아니 사실 그 빛을 쏟아내는 너
아, 난 너를 사랑하고 있었던 거야

너의 갈피 잃은 동공에 반해
초점을 짓누르던 꿈과 설원으로부터
당장 주위 모든 것이 가라앉아도
너의 손가락을 놓지 않겠다고

회양목

상처 주지 마세요
받은 만큼 도로 내어드려요

수거할 수 없는 표정과 말과 마음도
저지르고 나면 모조리 짐이 되어버리지

행복은 존재하지 않는다
그저 행복이라 불러줄 뿐
이름을 내어주는 것에 불과한 허상이다

숨은 먼지 찾기

먼지를 닦기 전에 먼지를 꺼내서
먼지를 만드는지 먼지를 끄집는지 모를 만큼
기둥을 흔들고 판자를 찌르고

청소는 삶의 증거
지저분한 내가 움직인다는 자각

더럽혔으면 치우는 게 도리라지만
이 망할 자유는 의무에 흐느낌만

밥과 잠을 섬기듯
청소를 사모하고 싶어라

탈수
젖은 먼지는 닦여서 깨끗해져도
먼지라는 이름으로 제거당한다

너의 잔상을 부수는 강인한 처소를 들일 수 있을 텐가

방금 막 열기를 뿜내고
누구 하나 욕심 없이 곱게 누워있는
백미처럼 순수한 것이 존재할까

여린 밥알도 굳으면 날카로운 무기가 되듯
우리의 사랑이 얼룩져 빛을 잃으니
주위엔 온통 화가 뻗쳤네

사랑 없이 살 수 없네
모른척했던 배려와 성실
그 모든 것이 사랑이었다

나쁜 사랑, 혐오할 수 없는
무언의 매력 그 이기적인 생기, 천진난만
그 안에서 썩어가는 누군가의 심장

밝힐 수 없을지언정 봉인되는 호흡
잘못된 희망, 틀어진 빈칸
채울 수 없는 화염의 종식을 위하여

내 곁을 가득 메운 적도 없으면서
그대 왜 그리 큰 공터를 내게 남기었나

그대 공백이여 혹 흉터가 되어도 좋으니
너를 추억하는 기나긴 시집이라 여기리라

그대는 들판 혹은 불가사리
알 수 없다
자꾸만 엮이고 싶어라

눌러 쓴 서신

너의 집과 너의 미소는
성숙이라 불리는 훼방에서 무결하다

동경하던 네가 나를 불러주면
낯짝에 풍기는 열락 피할 길 없네

난데없이 스미는 만남이 허기를 채우고
허리를 굽히는 그 다락방에서 우리 춤을 췄네

네가 사랑하는 것들과 사랑하는 모습
심히 흥겨워서 내가 사랑하게 되었네

네 존재가 영영 나와 격돌하기를
바라고 바랐지만 왜 그랬을까

무구한 염원이 비열한 속에 짓눌려
숨이 죽을 때까지 난 무엇 했느냐고

눈물과 상흔을 외면한 존재는
매년 한 살과 회한으로는 넘길 수 없도록

눈부신 환영을 얻었네
눈부신 사람을 잃었네

자발적 바보

사랑스러운 자발적 바보가 되어가는 삶이란
심장에 시원한 구멍을 뚫을 수 없으니
심장과 가까운 귀에 구멍 하나를 뚫었다
뚫은 걸로 만족했어야 하는데 기껏 뚫어놓고
예쁘장한 무언가로 그 구멍을 막아버렸다

사랑에는 넘침이 없다
어떤 표현도 호응도 관심도 상상도 노력도
그 무엇도 사랑이란 감정을 담아낼 수 없다
다만 사랑의 모양에 닮아가고 닳아갈 뿐이다
헤치지 않는다, 너의 욕구와 믿음과 결심을
다만 조용히 바라보고 기다려 줄 뿐이다

모든 게 다 끝나고 남은 쓰레기는 먹어 치워도
다시금 여기저기 널브러져 있다
아무도 볼 수 없는 쓰레기장에 나는 동화처럼
늘 잡아먹힌다
배경에 갇힌 숨
숨을 거둘 곳을 모색하다
옆으로 걷는 법을 배우지 못했다
콘센트가 붙어있는 벽면 안쪽에는
어떤 광활하고 미시적인 세상이 숨겨져 있을까
기둥은 어찌해서 공허를 견뎌내는지

태초의 거리

금덩이도 그렇게 소중히 안을 수 없겠지
당신의 배설물이 되지 않도록
생기 있는 것이 되려 합니다
조건을 말씀하시면 받아 적겠습니다
다만 나는 숫자도 단어도 없이 사랑받고 싶습니다
그러니 잠시 미래와 잔고를 잊어주시렵니까
핏줄과 유전의 시비를 내려두고
나를 봐주시면 됩니다
여기를 봐주시면 됩니다
이곳 놓인 음식과 오물을 주시하지 말고
나라는 존재를 지그시 바라보는 것
그게 다입니다

오직 그댈 위해 자란 시

그대 웃는 모습이, 그대 웃지 않는 모습이 심히 좋아
그대만의 건조함과 환희와 소박함이 좋아
그대 손짓과 그대의 돌아봄이 나를 간지럽게 만들고
그 솟구치는 황홀함에 정신을 잃고 넘어질 것만 같아
그대 신념과 그대 소원이 좋아
그대 고뇌와 그대의 풀린 눈이 좋아
그대의 호흡과 그대의 싱그러움이 좋아
그대 얼굴의 오른편과 그대의 시선이 좋아
그대 콧대와 볼의 점과 실은 모든 윤곽이 좋아
걱정도 한산함도 그대 품이라면은 마냥 좋아

당신은 오아시스를 믿지도 의심하지도 않습니다
당신은 이것을 목매어 기다리지도 비난하지도 않습니다
당신의 눈빛과 초연한 입술이
그 어떤 목적도 사랑도 읽을 수 없도록
그저 터벅터벅 걷고 있을 것이라는 일말의 허상뿐

바깥은 아름다워 불쾌한가

인생 충분히 쓴데요
머위까지 먹어야 하나요 엄마
그래도 자몽은 맛있어요

나는 언니가 없으면 죽었다
나는 밤이 없으면 죽었다
나는 그가 없으면 죽었다
나는 뜯을 피부가 없으면 죽었다

집안 곳곳 화분이 엄마의 관심을 받아요
나는 애쓰지 않으니 미울 수밖에 없고요

시간은 약이었다, 독약
흐를수록 악마는 친근하게

엄마 저를 태어났을 때처럼 봐주세요
엄마 저를 다시 태어나게 해주세요

소모의 군주시여

이상형이 생겼다
허물이 전부가 아니라지만
찬란한 자태는 숨길 수 없어라

불면이 생겼다
잠이 인생의 낙이었지만
보고 싶은 마음은 소각될 수 없어라

너는 단지 존재하였을 뿐인데
나의 힘이 바삐 고갈되는구나

너는 단지 몇 번 웃었을 뿐인데
나의 육신이 뼛속 깊이 너를 찬미한다

사랑 참 웃긴 일이다
일신의 소모를 자처하고

그 끝의 만연하실 덧없음을
그저 애처로이 어깨에 두를 뿐

사랑 참 알 수 없다
님을 향한 타는 갈망 없이는
기어코 사랑이 아니라서

죽음의 당도

가벼운 추억이 될 바에 묵직한 소음이 되련다
혹은 망각 혹은 무연한 비탈길이라도 되련다

인간을 살아가게 하는 것은 호기심
그 정체는 때론 혼돈과 비판을 낳지만
결국 인간은 그 갈증으로 살아가겠지

총애합니다
공허의 외침에 귀를 기울이면 기울일수록
나는 죽어간다
모든 명투성이 마음이
일제히 고통에 주목하니
죽어가는 수밖에 없을지도
강둑
댐이 필요해
늦은 밤 홀로 노래를 들으며
눈물을 뿜어대는 나를
그저 나라서 안아주는 사람이 있을까
당신의 위로가 시작된다
죽고 싶을 만큼 따뜻해진다
그 낯선 따뜻함이 날 선 내 심연을

총천연색으로 적실 때
다시금 또 죽음을 꿈꾸고
파도 파도 시원하지 않고
먹어도 먹어도 채워지지 않아요

일으키는 볕에 기대어

어젯밤에라도 선생님을 뵌 것 같습니다
두려움과 회의에 갇힐 때마다
선생님의 미소와 격려가 나를 안으려 합니다
내 지쳐버린 육신과 가혹한 좌절은
당신의 존재를 더 뚜렷하게 잡아보려 날뜁니다

경직되는 소망과 감추고 싶은 불안은
이제 배고픔과 같은 습관이 되어버렸습니다

음이 나간 피아노처럼
쓸모없는 존재가 되어버린 것 같아
눈물이 납니다
숨을 한 10분만 참아보면
이 허기가 영영 지워질는지요

활활 타는 유리라도 되어
어디에라도 붙을 수 있을 것처럼
살아보고 싶었습니다

다만 더 이상 나이 들기를 포기하고 싶습니다
마냥 칭얼거리는 귀여운 아기가 되고 싶어
하루에 반나절씩 꼭꼭 기도합니다

그렇게 저는 더욱더 비참해집니다
박장대소하다가 떨군 포도 맛 캔디가
다시는 주워 먹을 수 없도록
흙먼지를 한가득 휘감았을 때처럼

숙면할 집을 찾고 있다고 착각했습니다
사실 난 문고리조차 알지 못해 떠도는
나그네였습니다
아니 실은 어떤 손잡이를 당겨도
거기엔 공간이란 게 없었습니다

모든 손바닥을 두려워하게 되었습니다
어떤 위로라도 그 뒤편엔
얼룩진 뿌리를 발라낼 못된 손톱들이
갈퀴를 숨기고 있었습니다

다시는 아무거나 주워 먹지 않을 테니
이제 모습을 드러내서요
나의 얼마 남지 않은 참이시여

나는 속도도 없고 지름도 없고 쓸모도 없습니다
단지 생각보다 오래 사는 물고기 같은 존재입니다

유리

눈물이 콧물보다 빠르게 차오른다
입안에 침이 생기듯
눈물이 자꾸 뺨을 타고 흐른다
눈 코 입 귀 머리 목 손발 무릎 엉덩이
네가 자면서 살아있다는 증거
너의 배가 볼록해졌다가 좀 덜 볼록해졌다가
너의 감은 눈은 뜬 눈만큼이나 아름답고
너의 목소리엔 꿀이 묻혀있고
너의 발가락엔 생기가 닿아있구나

너의 조그만 눈동자에
살포시 한 칸을 차지한 내 모습 보이네
너의 어여쁜 코와 사랑스러운 입술이
도란도란 웃음꽃을 피울 때
나 또한 행복을 느낍니다
가슴이 저려옵니다
옷을 잡고 상을 잡고 일어서는
너의 모습이 참 커다랗구나
차가운 볼이 그 어떤 뭉클함보다 소중해서
네 이마의 옅은 점, 푸른 잎처럼 산뜻한 눈매와
나를 바라봐줘서 고마워

202208

눈으로 비치는 모든 것들이 버거워서
그런데 눈을 감고 편안해지는 몸도 부담스러워서
나는 왜 이곳에 존재해야 하는가 슬퍼져

나는 분명 눈을 뜨고 다리를 폈다 구부리며
이 땅을 서성여보는데
왜 세상은 나를 대견해하지 않는 걸까
혹은 왜 나를 가여워하지 않는 거냐고

소극적인 나는 따지지도 못하고
그냥 방귀처럼 뀌어버린다, 나의 어둠을
그럼 누군가는 욕하겠지
그 탁한 냄새와 오물 섞인 궤변에 성을 내며
여름의 미끄럼틀처럼 상처 내려 해

기품도 기쁨도 없는 상태
행복하다는 감정이 속초처럼 멀게 느껴진다
여름에 진입하며 사고의 열대야가 시작되었다
해가 저물 때 급격히 정신이 흐릿해진다
왜 나를 두고 태양과 계절은 떠나가는지

왜 이렇게 가슴이 고독하고 힘겨운 건지
나조차 도무지 모르겠다
언젠가 가슴에 변기를 뚫듯
시원한 구멍이 새겨지길 소망할 뿐이다

빈 곳에 더 깊은 늪지대를 만들어서
모든 고통을 밀어 넣고 싶다
다 가지고 사라져버렸으면

아니다 영영 그렇게 존재하여라
내게서 전부를 가지고 떠나 썩게 돕고는
또 그렇게 뚜렷하게 보존되어라

영속, 결속 이런 단단한 단어들이
나를 무기력하게 만든다
벗어날 수 없는 섬에 가둬놓고는
즐겁게 살아보라고 농간질하는구나

피사체가 되어버렸다
강제적이고 추상적인 돌봄이어라

서로를 짓밟고 부리를 처박곤
밥인지 독인지 알 수 없어도
일단 고개를 조아리는 비둘기들아

너희처럼 살고 싶다
나도 주둥이를 처박곤
마음껏 흥분하고 포효하고 욕하련다

잔인하다 감당할 수 없는 희로애락 더미 속
웃으면 웃는 대로 그 웃음을 씻어내느라
울면 우는 대로 그 슬픔이 진정되느라
가슴이 더욱더 공허하구나

시와 삶

시는 짧은 말이다
그 무엇도 뒤죽박죽이라
한없이 가슴에 서리는
인간의 회한과 사랑을
인생 전부를 걸고 쏟아내도 영구히 들어찰
상념과 발악에 절인 감탄사 정도 되겠다

영원히 빛나는 너에게

그댄 나의 흑백, 흑백 사진 같아요
자꾸 아련하고 보고 싶은 그대니까요
너는 잠겨있어요
혹시 열 만한 도구가 있을까요
너는 잠겨있어요
혹시 두드려 줄 누군가를 기다릴까요
나는 손발이 차가워요
그댄 마음이 공허하고요
나는 손발이 허전하고요
그댄 누군가 필요한가요

우리 우리 함께 모여요
우리 우리 서로 눈을 바라봐요
가진 모든 게 다르다고 해도
우리 우리 체온을 나눠봐요
무르익는 구애가 밤새 찬 공기를 쐬어줘도
식을 줄 모르네요
내 품을 휴지처럼 편하게 쓰세요
아픔과 지저분함을 내게 묻혀요
구름이 흐드러진 바다를 같이 걸을까요
얘기도 들어주고 짐도 들어주고 싶어요

사랑 참 요망합니다

좋아한다는 말 빼고 다 해줄 수 있어서 미안해
비싼 물건은 돈을 모아서 사주겠지만
좋아한다는 말은 못 해서 미안
바보가 된 느낌
저주에 걸리면 이런 기분일까
자유가 원망스럽지만
내 탓이라기엔 너무 잔인하잖아

빗물 고인 횡단보도에 비친 파란불이
내 가슴에 총구를 들이밀어요
갈 수 있다고 가도 된다고
친절하게 신호를 주는데 말이에요
그런데 말이에요
그 신호 덕분에 난 내 연약함을 직시해요
나는 끝끝내 그 신호를 못 본 체하겠지만
아무도 알아보지 못하면 괜찮은 거겠죠

너를 사랑하지만 너를 사랑하지 않는다며
마음의 일렁임을 억제해봐도
너를 마주하면 결국 깨달을 수밖에 없다
가슴이 휘청거리고 얼굴이 달아오른다

변론하려 애쓸수록 자백하고 있다, 사랑합니다
다시금 그 마음을 철갑주머니에 꾸겨 넣어도
언제나 사랑에 부식된 그것이 마음을 토한다
주르륵 대책 없이 쏟아져 버리면
재빠르게 방파제를 쌓아도 소용없다

사랑에 도피하는 유일한 방법은
모든 선택의 자유를 속박하는 것에서부터
너의 말과 너의 행복과 너의 우울과 너의 소망을
전부 지나치기를 선택하는 것이다
손만 뻗으면 알 수 있는 너의 안부와 흔적을
철저히 나의 삶을 위해 멀리하는 것
그리고 부작용처럼 부풀어 오르는
그리움의 열병과 고뇌의 호흡을 견뎌내는 것
나는 점점 나아지고 있다고 토닥이며
괜찮지 못했던 수많은 시절에 작별을 고하는 것

불가역적, 엮은 고백

마구 좋아해 놓고 정리가 되지 않아요
무얼 좋아했나 헷갈려 와요
그대 눈가처럼 촉촉해져서
나의 욕심처럼 엇갈려 가요

기울어지는 몸짓과 소리
그건 음성도 아니고 환각도 아니었어
단지 마음이 요동치려는 준비 자세

사랑은 하나뿐인 내가
하나뿐인 그대를 탐하는 일
소유하고자 신경이 곤두서는 일
누군가 나와 같은 결심을 했을까
잠 못 드는 일

암흑이 되도록 우리 섞여 있자
끈적한 흔적만 남기고
날 버리면 안 되는 거잖아

포개지고 싶다
너에게 기대고 싶어

네가 없는 곳에서 너의 목소리를 듣고
네가 온 적 없는 집에서 너의 향을 맡는다
실수라도 좋으니 너의 기척을 흩뿌려주오
그대 뻗는 숨결이 나를 기만해도 좋으니

입으로 그 모든 걸 찬미하기엔 미숙해서
약간의 체온을 나눠도 될까요
덜 뜬 눈과 응시하는 입과
다가오는 코를 사랑하고 있어

안고 싶은 눈동자를 가만히 지켜보는 일이란
종이는 한가득 채워도 너를 채울 순 없었다
너로 가득 채워도 네가 될 순 없다는 게 슬퍼
태양을 한 스푼 떠서 심부에 모닥불로 쓰고파

특별하되 지극히 일상적이고픈 그대여
너에게 푹 잠겨있느라 아가미가 생겼다
아픈 만큼 황홀하구나
그대의 것이라면 또한 나의 귀중품일 테니

너의 이름은 나의 영감

너를 적으면 후회할 테야
너의 것을 적는 날에는 파멸만이
마음을 오려낼 수 있다면

갖은 무게로 눌러봐도
이내 빠져나오는 너라는 기이함

당신이 자세히 바라보는 무언가
난 그것이 되고 싶어요
당신의 시선이 느껴지면
비록 나는 요동치겠지만요

고작 두통에 시달리던 때

익혀야 할 건 고기뿐만 아니라 가난한 마음
식혀야 할 건 커피뿐만 아니라 들끓는 미련
지켜야 할 건 아이뿐만 아니라 커버린 아기

새 죽음의 탄생이 어찌 눈물겹지 않겠습니까
환희에 젖으면 그대로 찢어질까 두려웠습니다

나의 행복이 그리도 미운가요
나의 꿈과 우는 가슴이 얼마나 무의미하면
그리도 쉽게 말을 돌리나요
나의 후회와 신음이 얼마나 가소롭기에
그리도 빨리 잠에 드나요
나의 겁과 불면이 한가해 보이나요
나의 배움과 일이 그리도 볼품없나요
나의 못다 한 사랑과 욕망은
단 한 순간도 궁금하지 않았겠지요

증오는 어떤 밥을 먹을까
증오는 어떤 노래를 들을까
증오는 어떤 잠을 잘까
증오는 어떤 외출을 할까

증오는 어떤 사람을 좋아할까
증오는 어떤 소리로 울까
증오는 어떤 산을 오를까
증오는 어떤 신문을 읽을까
증오는 어떤 시간에 태어날까

어디가 가려운지 모를 때
목구멍이 가려운 걸 알았을 때
둘 중 더 괴로운 건 뭘까

덜 깬 사랑, 덜 깨진 사람

중력의 무게에 짓눌리다
태양이 나를 찾아낼 때면
나는 꿈이 생겨요
아직 땅이랑 발이랑 닿지 않아도 되기를

나는 뿌리가 없어서 너에게 들렸다
나도 날 이해할 수 없지만 이해받고 싶다

너는 여드름처럼 신경 쓰이게 하고
검푸른 상처만 그려주는 듯해

한순간도 나를 채워주지 않고
나는 달아요
나는 닳고 또 달아올라요

시든 성냥개비를 내게 두르지 말아요
그 가벼움마저 게울 수 없답니다

나는 타고 또 타도 계속 심지가 생겨요
그대 행동 하나하나에

예시

사랑을 정의할 때는
꼭 너를
너를 예시로 든다

나만의 정의라서
나만 알 수도 있다

아, 나의 정의로운 사람이여

부디 아프지 말아라
아픔만은 내 것이다

물의 뼈

우리가 주고받은 것
공뿐만이라면, 그렇다면
나의 인사를 모른 척해도 좋아

우리가 주고받은 것
공뿐만이라면, 그렇다면
나의 관심을 부담스러워해도 좋아

우리 참 애썼다
공을 세게 치려고
세게 친 공을 받아내려고

우리 참 애썼다
서로의 구역을 지키느라고
서로의 사인을 믿어주느라고

우리는 끼니를 챙기듯
공중에 뜬 공을 지켜냈구나

우리는 끼니를 잊은 듯
공중에 뜬 공을 사랑했구나

그 공이 뭐라고
우리는 그리도 땀을 흘렸나

그 공이 뭐라고
우리는 그리도 시간을 쏟았나

나는 안다
그 기억이 나를 살게 한다

나는 안다
그들이 나를 살게 했다

우리는 이제 서로의 구역이 모호하다
우리는 이제 서로의 생존에 집중한다

자주 못 보지만 자주 아낀다
자주 못 보지만 자주 행복하길 기도할게

알량한 훼방

당신의 즐거움을
하루, 이틀, 한 달을 들어주었으나
정작 내 행복은 한 번도 말할 수 없었다

나의 잎새가 썩기 전에
뿌리를 숨기기로 결심했다
나는 이제 당신의 오해
그에 따르는 당신의 상처에
해명하지 않겠습니다

당신이 슬프고 화나고 우울하기를
어디서든 기도하겠습니다
당신이 어떤 진리를 깨닫기보다
그저 어느 한구석이 끝끝내 비참하기를

그래서 어딘가 늘 병든 사람 같기를
간절히 갈망하겠습니다

영속적 유서

네가 사라진 자리에는
아무것도 채우고 싶지 않아서
그저 내 요란한 마음과 불안정한 호흡만이
그 자리를 떠도네, 그 자리를 지키네

모든 것이 멈췄으면 좋겠어
다만 나와 당신의 심장만은 살아있기를
그래서 서로의 체온을 얘기하는데
하루를 세우고 행복을 자랑하느라
한 달을 씨름하도록

안부를 묻지 않아도
서로의 일상이 따스하기를
무엇보다 믿을 수 있기를

나 그대의 창백한 상처에 부디
입을 맞추게 해주오
그대가 흘리지 못하여
산처럼 커진 응어리를
부디 안아볼 수 있도록

대체 불가라는 말 하고 싶었던 거예요
그 자리 누가 뺏은 것도 아니고
당신이 버린 것도 아닌데
나는 혼자 남겨진 느낌이에요

내 집 나의 욕구
의미 없는 힘이 되어주고 싶었다
그저 보여주고 싶었다
이토록 그대는

고고학적 죄장감

모래사장,
마를 듯 마르지 않는
나눌 듯 나누어지지 않는
그 경계

헹귀도 헹귀도
벗어나는 내내 다시 또 만나는
그 작은 입자들이라도
한가득 널려 있으니
밟지 않고는 돌아갈 길 없구나

털면 털수록 더 끌어안는
그 특성은 어디를 가나
너를 붙이고 걷는 것만 같은
착각을 일으켜

씻어도 펴치 못한 것은
그 많던 너의 입자들이
다 어디에 떨어져서는
나를 찾고 있을까 하는
먹먹함 때문이겠지

욕망의 엉겁

고뇌의 인간이 절단된 희망의
지푸라기마저 도난당했을 때
새로움도 가치도 찾을 길 없어라

모든 것을 조금씩 갉아먹고
다시금 새것을 원하는 사람들
눈이 내린 바닥에 푹 팬 선들은
전부 하얗게 눈가루가 껴있다

새 몸을 꾸민 자리엔 온갖 체모로
작품이 몇 점 돌아다니며
신뢰의 거울은 진정 나를
이렇게 비추나 싶고

인간의 나음을 위해서
사방이 더러워지는데
내 집이 아닌 곳은
누구의 집도 아닌 듯 그렇게

방치된 시선과 기울어진 마음과
커가는 사람의 차이는 뭘까
모든 게 우리를 좁고 좁은
금빛 늪지대로 모시려고 그렇게

식솔의 봄

행복해지는 방법을 전부 잊어버렸다
내 대가리도 잘라내면 고등어처럼
붉은 피가 뚝뚝, 거센 뼛가루가 둥둥 떠다닐까

파도에 휩쓸리지 않는 법을 찾으려다
아예 바다라는 곳을 지워버렸다

생을 쥐여줬으면 책임져야지
못 입어도 좋으니 가슴을 챙겨주시게

손을 만들어놓으면 뭐 해
잡아주지 않는 것을
눈을 빚어놓으면 뭐 해
서서히 퇴화하고 있는 시야

그 낯선 지저귐 사이로
꿀 묻은 손처럼
지독히도 끈덕지게 엮여있을 뿐

김송이

『꿈채널번호 0507』

챙 모자를 꺾어 쓴 여우 신사나
찻잔을 들 때 손가락을 몇 개씩 띄고 잡는
공작을 보신 적 있나요?
저도 본 적은 없는데요
개코원숭이가 로우진에 탱크톱을 입고
시내를 활보한다면?
플라밍고가 필라테스 선생님이라면
상당히 실력이 뛰어날 것 같지 않나요?
물론 본 적은 없지만,
상상은 자유니까요!
혹시
상상이 멈추셨나요?
나이가 단잠의 꿈처럼 지나가나요?
그렇다면
부디
잘 먹고 잘 자고
잘 지내다가
꿈같은 이야기가 필요할 때 잠시 들러주세요
눈을 뜬 채로 꿈을 꾸는 사람의
이야기가 여기 있어요!

나와 악어새

입을 아-벌리고
턱을 길게 누인
나는
입에 걸터앉은 채
고상하게 털을 정리하는
악어새를 몰래 짝사랑했다
다음번에 만날 때는
드글거리는 기생충도 좋지만
이 안에 가득한 사랑을
한가득 꺼내놓겠다고
다짐했다
악어새는 부리를 벌려
열심히 자신의 본분을
다하더니
미련 없이 나에게서
멀어졌다

저 멀리 조각배 하나가
강을 타고 내려오는데
악어새가 떠난 뒤
내게 남은 것은

참을 수 없는 허기짐이었다

조각배를 통째로
삼킨 나는 허기짐에
찔려 조각배가 목에 걸렸다
목소리가 나오지 않았다
다음날에도
그다음 날에도
미련 없이 멀어지는
악어새에게
나는 사랑을 꺼낼 수가 없었다
조각배를 삼킨
나는
뱃속에
삼켜진 조각배의 허무까지
떠안은 채로
강물 바닥을 짚고
강을 따라 울고
울었다

제브로이드

동물원에 교육용으로
점잖게 서 있던 제브로이드
옆에, 소개말로 제주말과
얼룩말의 이종 교배종
둘의 유전자가 다름에도
제브로이드는 제브로이드가
되어서 교육용으로 [전시 중]이라고
쓰여있다

옆옆 축사에 있던 얼룩말이
말을 던진다, 내 사촌하고 사촌이
결혼해서 불임 암컷이 태어났는데
하얀색 바탕에 하얀색 줄무늬라 일품으로
이쁘다고
부를 수만 있다면 먹고 자기만 하면 되는
이 편한 세상에 [전시용]으로라도
들어 올 수 있다면
좋겠다고

눈으로만 보세요도 써놓고
먹이를 주지 마세요, 밑에

큼직하게 현장 판매가도 써놓지 왜
저 아프리카 넘어 사촌에게도 들릴 만큼
아주 크게 울부짖는 얼룩말의
말

점잖게 서 있던 제브로이드는
말없이 자리에 앉아
하늘을 보며 하루나 세고 있다

도리

양계장 출신인 도리는
정확히 말하자면 양계장 달걀 출신이고
주인이 애지중지하며
때때로 닭장에 있긴 하지만
부드러운 소파에 앉을 수도 있었다

부모가 인간인 줄 알고 살았던
도리는 주인이 들고 오가는
박스에 무엇이 들어있는지
모르고
자신의 이름이 왜 도리인지도
모른다

그저 따뜻한 달걀을 낳으면
받는 주인의 박수갈채가
꼬꼬꼬거리는 중얼거림이
꼬꼬댁으로 커지는 유일한
기쁨의 시간이었던 도리

한 번은
주인의 친구가 놀러 와서

쟤 이름은 니모에 나오는
도리를 떠올리고 붙인 거야?
주인은 그렇지 뭐 하고 웃어넘겼다

도리가 도리지 뭐 덧붙이며
최소한의 도리를 지키며

친구는 의아한 표정을 지었지만
도리는 그저 꼬꼬거렸다
그 이후로 해가 몇 번 바뀌어도
도리는 도리였고
달걀을 낳을 수 없기 전까지는
여전히 도리였다

닭대가리라고 불리는
사람은 욕을 먹은 기분이겠지만
적어도 도리 머릿속엔
주인이 들어있고
주인이 이야기하는 다정함을
골라 들었고
박수갈채를 받을 때

깃털이 빳빳해지는 뿌듯함을 알았다,
계의 짧은 생이
알차게
담겨있었다

도토리 골 출신들의 토크쇼

그때는 가로등도 별로 없었지 그래
잠에서 덜 깬 꼬마 녀석이 할아버지 손 잡고
비몽사몽 걷다가
내가 돌인 줄 알고 등을 밟아대니
환장하는 일이지 그래

내가 놀라서 펄쩍 뛰면
인간들이 더 놀란다고
방구 뀐 놈이 성낸다고
꼬마는 울기까지 해댔다고 그래

형씨 얘기는 거기까지 하고
내 얘기도 좀 들어봐
우리가 그만치 인간들 지나다니는
골목 내려가는 것도 그때야
차가 안 다니니 무서운 게 덜했다마는
지금 여기 골목 사정을 봐봐
울퉁불퉁하고 좁았던 자리를
깎고 매끈하게 만들어서
차가 뻔질나게 오가니까
조금 뛰기도 겁이 난다니까

그래 동생
그때는 우리가 자유롭긴 했지 그래
꼬마한테 등 짝 밟히는 거랑
차 바퀴가 냅다 짜부랑시키는 거랑
차원이 다른 거라고 그래
말세야 말세

그 예전이야
도토리 골 출신 하면
거칠게 자랐다고 알아주지
지금은 어딜 가나 안 험한 곳이 없어
지천이 오프로드라고 그래

형씨 근데 말이야
그때 포크레인 기사가
우리 가족을 몰살했을 때도
내가 안 울었는데
자식새끼 생기고 나니
가뭄이 아주 파충류 미치게 하대
가뭄 때문에 한여름에 비 며칠 안 오면
찡찡거리는 자식들 데리고 다니기가

그렇게 마음이 아파
참나, 벌써 눈물이 나올라 하네
나이가 먹긴 먹었나
새끼 하나 말라 죽는 게 제일 무서워
가뭄이 제일 무서워

어이 동생 거까진 생각 말고 그래
가뭄은 저 흉포한 인간들 씨도
말리겠더라고 그에 비해 한참 힘없는
우리가 무얼 하겠는가 그래
인간 놈들 지구를 소비하는 꼴을 보면
말세야 말세
벌써 밤이 이렇게 늦었구만
옆 산에서 민원 들어올라
여까지 하고
내일 또 보세

밤을 닫는 두꺼운 개굴거림이
찾아들고 도토리 골 출신들의
열띤 토크쇼는 그렇게 막을 내렸다

고래섬 표류기

인간들 속에서 버둥대고 사는 것이
질려버려서
끝없이 무연한 바다에 몸을 숨겼죠
산소에 중독됐던 몸은
어디 안 갔는지
얼마 안 가 사랑을 찾더라고요

대서양을 한참 건너
남극해를 또 한참을 건넜더니
갈 곳을 완전히 잃어버려서
사람은 코빼기도 안 보이더래요
길을 잃은 마음은 또 헌신짝 같고
새 신이든 헌신이든 신고 싶던 찰나에
고래의 꼬리를 봤어요
얼마 안 가서 야자수 하나 솟아있는
외딴섬 하나가 드러났어요
미끄러지고 미끄러지다가
섬 꼭대기에 다다랐을 땐
끝이 없는 바다로 시선을 던졌습니다
역시나 사람은 코빼기도 보이지 않고요
가만히 들어보니

꿈틀대는 숨소리가 발밑으로 들렸어요
자세히 보니 야자수도 야자수가 아니었고
무엇의 뿔이었어요
하루가 바뀌길 수차례
그야말로 망망대해를 표류하다가
어느 날 무엇이 말을 걸었습니다

?: 육지에는 사랑이 있는가요?

사랑이야 있지
사랑을 까먹고 깨트리고 놓치고 사는
사람이 육지에 많아서
만신창이가 된 사랑이 도처에 깔린 게 문제지만
이런 나도 사랑 크게 찔려서 바다로 도망을 왔지
하지만 도망친 바다에서도
나는 다시 사랑이 그리운 걸 보니
온전한 사랑만이 사랑은 아닌가 보다
육지에서 난 사람에게 사랑은 영영 필요 없을 수 없는 물질인
가 봐

?: 무언의 바다를 표류함으로써 얻은 것은 무엇인가요?

글쎄 사랑을 피해서 왔는데
잠에 들고 눈을 뜨고 하는 일들은 오롯하게
몸이 하는 일이기만 하고
시간을 보내는 건 밤낮이 하는 일이라서
사랑을 뺀 하루들은 하릴없이 흘러갔어,
뿔이 솟은 섬에 숨소리가 들렸던 건
내가 미친 게 아니었고
내가 이렇게 말을 하는 너와 대화하는 것
자체가 뛸 듯이 기쁜 것도,
난 여전히 사랑할 수 있는 걸 알려주는
마음의 갈채이며 무언의 바다에서
내가 아직 사랑할 수 있는 존재인 걸 깨닫게 된
표류의 선물인 거야

?: 그렇다면 이제 표류를 멈추고 저를 떠나실 건가요?

그래야겠다고 마음을 먹었는데
사실 목적지를 모르겠어,
내가 다시 돌아가도 될지 도망친
내가 다시 돌아가도 될까?
이렇게 너와 얘기하는 것만으로

내가 사랑을 느낀다면
영원히 표류해도 좋을 텐데
너는 내가 밟고 서 있는 섬이고
뿔을 가져서
나는 너를 밟고 있고
나는 뿔이 없어서
나는 영원을
너에게 줄 수 없어
목적지를 모르고 겁이 나더라도
이젠 같은 땅을
밟을 이들에게 영원을 주는 게 맞겠지
어디라도 땅을 밟고
보고 싶어진 이들을 찾아 나서야지,

너는 오래 혼자 떠다니느라
마음을 배울 일이 없었을지도 모르겠다 사랑에 대해 궁금하니?

?: 사실 당신이 저녁이 되어 잠에 들면 누군가의 이름을 부르며
어렴풋이 웃는 게 들리고 해가 늘어진 오후가 되면
웅크려져 또 다른 누군가의 이름을 부르며 새처럼 우는 게
들렸어요, 그 뒤에 가장 많이 따라 들렸던 단어는 사랑이었어요,

나는 무언의 바다에서 살다가 무언으로 끝 날 섬이지만
하루를 울고 웃으며
사랑을 찾는 당신이 지느러미로
온 바닷물을 껴안으려는 것처럼 보였어요,
절박해 보였어요,
무언의 바다에는 당신이 찾는 사랑이 없어서 말을 걸었어요,
나는 마음을 몰랐지만, 당신의 슬픔이 하루가
달리 깊어간다는 것은 알게 되어서 말을 걸었어요,
앞으로 열흘이 지나면 육지에 도착할 텐데
그때까지만 조금 더 육지에 있는
사랑에 관해 이야기해줄래요?

그렇게 뿔에 등을 기대고 이때까지
있었던 사랑과 사랑의 이야기
육지에 들끓고 있는 여러 가지
사랑에 관한 이야기를 하며
무엇과의 표류를 마치고
이 자리에서 여러분에게
무사히 표류기를 말하게 됐네요
잠시 사람들 속이 질려서
바다에 몸을 숨기면 당신도

만나게 될지 몰라요
마음을 알게 된 외딴섬을
조용히 숨소리를 듣는다면
말을 건넬 겁니다
그리고 육지의 사랑 이야기를
해달라고 조를지도요
만약 만나면
헤어지면서 붙여줬던 이름을
한 번 물어 봐주세요
이름을 갖게 된 외딴 섬에게
저는 아직도 사랑과 잘 지내고 있다고
전해주면서요

찰스 씨는 모르는 일 (여우의 교만)

포도밭에 주인 찰스 씨는
영민한 여우의 서리질을
알 리가 없다
그저 멧돼지가 훔쳐 먹은
포도알만큼 총알 개수를
새고 총대를 닦는 하루를 보내며
복수의 날을 고대한다

여우는 찰스 씨의 골탕을
먹이고 싶어서 포도를
먹는 게 아니라

사라진 산 밑에
우연히 찰스 씨의
집이 있었던 탓이라며
우연에게 탓을 돌렸다

자신보다 우매한 멧돼지는
흔적을 다 남기고 떠나서
여우가 먹은 포도알만큼
배로 찰스 씨의 분노를 떠안았으니

이것도 저것도
자신의 잘못은 아니고
그저 산이 없어진 자리 밑에
집이 있었던 것이며
여우는 잘 익은 포도가
너무 높이 있다고 포기하지 않았던
자신을 칭찬했고
우매한 멧돼지는 그저 우매했기 때문에
자신이 먹은 포도알만큼이나 총을 더 맞을
멧돼지를 안타까워하며
여우는 자신의 영민함을 자책하였다

요들송을 못 부르는 소녀

산기슭 언저리에
빨간 나무집 하나
노모를 모시며
세상에서 제일 귀여운 양 떼를
모는 소녀가 있었다

양들이 모여 말하길
저 소녀는 요들송을 부르지
못해
늙은 어미는 귀도 안 들린다지
매에, 매에

소녀는 휘파람을 분다
나의 세상에서 제일 귀여운 양 떼들
이리로 와 하며 손을 펄럭인다

양들이 모여 말하길
저 소녀는 요들송도 부르지
못하는데
늙은 어미는 귀도 안 들린다지
부른 배를 뒤뚱거리며

매에, 매에

하얀색 낮은 울타리를
지나쳐 삼삼오오 제 자리를
찾는 양들을 소녀는 사랑으로 바라본다
하나씩 끌어안아 주고
나의 세상에서 제일
귀여운 양 떼들 하며 휘파람을 분다

양들이 모여 말하길
저 소녀는 요들송도 부르지
못하는데
늙은 어미는 귀도 안 들리고
사랑은 어떻게 한다지
요를-레이 하며 사랑을 찾아야지
사랑이 찾아올 텐데 하며
걱정을 털처럼 부풀린다
매에, 매에
그렇게 오래 소녀 곁을
떠났다
돌아오기를 반복했다

요들송보다 쾌청한 휘파람을
들으면
매에, 매에
양 떼들은

거미 가족

아맨다의 집에
루루가 처음 놀러 온 날
작은 창 너머에 빛나는 실들이

바쁘게 글자를 써댔다

WELCOME

루루는 아맨다에게 저 글자는
누가 쓴 거냐고 물었고
아맨다는 거미 가족을 소개했다

루루는 거미 가족은 가족이라서
다행이라며 엉뚱한 말을 했다
아맨다는 그게 무슨 뜻인지 물었고

루루는

돌아갈 수 없는 집을 가진 거미는
가족만이 돌아갈 수 있는 집을
가진 것이기도 하니까
가족이기에 다행이라고 대답했다

엄마를 잃은 루루는
가족을 잃은 아맨다를 만난 것이

돌아갈 수는 없지만
돌아갈 수 있는 집을 얻은 거 같아서
다행이라고 덧붙이며

거미 가족에게 반갑게 꼬리를 흔들었다,

아맨다는 루루에게 순 엉터리라고 대답하며
함께 저녁으로 먹을 수프를 만들기 시작했다

거미 가족은 루루의 말에
감명을 받았는지
몇몇은 눈물을 흘렸다,

아맨다와 루루는 보지 못했지만
바쁘게 수놓았던
글씨가 달에 반짝 빛났던 밤

Yeah, I'm glad we're a family!

루루의 일기

어제는 삼색이네 가족을 보았어요
아들 둘 딸 하나
셋이 옹기종기 엄마 꽁무니를
뒤쫓는 게 꽤나 부러웠답니다
나도 쟤네만 한 것 같은데
우리 엄마는 나를 두고 어디 갔나
궁금했어요

여기 주황색 지붕 밑 가족들은
참 친절하게도 생선 머리나
시래깃국 찌꺼기를 말아서
뚝배기 한가득 챙겨줘요
하지만 제가 할아버지 뒤를 따라도
그것보다 작은 손녀딸의 뒤를
따라도 우리는 많이 달라서
어쩐지 쓸쓸한 기분이 들었어요

나도 삼색이네 가족처럼
나와 똑같은 엄마 뒤를 쫓아다니고 싶어요
둥글게 움직이는 엄마 꼬리로 장난치고 싶어요
엄마,
엄마는 어디 갔나요?

여기 마을을 떠나 멀리멀리
갔다면
할아버지가 주는 밥을 못 먹어서
배가 고프다고 해도
엄마를 찾아 떠나고 싶어요
보고 싶은 엄마를
찾아
내 몸과 똑같은 밤하늘 색에
발자국을 꾹꾹 찍어봐요
루루의
일기입니다
혼자인 기분을 오래 느끼게 되면
별을 읽을 수 있어요
엄마도 혹시 별을 읽을 수 있다면
알아봐 주세요
저는 여기 있다고
써놓을게요.

앵무새 조조

사랑해
사랑해
사랑해
사랑해
안녕하세요
나는 조조
내 주인은 베르 씨

베르 씨는 나에게
사랑해라고 속삭인다
그리고
안녕하세요
나는 조조
내 주인은 베르 씨
순으로 속삭인다

베르 씨는 곧잘 운다
인간이 우는 것에서 눈물이
무엇을 의미하는지 모르지만
눈가에서 물이 마르질 않은 상태로
사랑해라고 속삭일 땐 어쩐지
나의 가슴 털이 둥글게 웅그러진다

물론 나도 혼자 새장에 있지만
베르 씨도 집에 돌아오면 내내 혼자,

우린 같이 있지만 결국 혼자다
나는 새장 그네에 매달려 하릴없이
시간을 보내고
베르 씨는 바닥에 힘없이 떨어진
깃털처럼 침대에 자신의 몸을 던진다
어떨 땐 나도 모르게 큰소리로
사랑해 말한다
늘상 혼자이기에
별일 없는 적막 속, 왠지
필요한 말을 고르자면
사랑해일 것 같아서
사랑해 말한다
그러면 베르 씨는 껵껵껵
본 적은 없지만 큰 새가 낼 법한
울음소리를 낸다

사랑해
사랑해

사랑해

사랑해

안녕하세요

나는 조조

내 주인은 베르 씨

신세대 달팽이들의 교통수단

이 근처에서 내렸어야 했는데
타이밍을 놓쳐버렸다,
오늘 시험 보는 과목은
꽤 중요했는데 사실
별로 열심히 공부하진 않았다
뛰어내리는 타이밍이
알맞지 않았던 것도
멍을 때리느라 그랬으리라
제 몸만큼 크고 동그란 집을
지고 살다 보면 움직이는 일이
굉장히 굼떠진다는 것을 알게 된다
하지만
지적인 우리는 금방 깨닫게 되었다
인간들이 새로운 대중교통을 이용하듯
우리도 새로운 대중교통을 이용하면 되는 거라고
눈이 침침한 원로 달팽이가
안경을 고쳐가며, 침을 튀겨가며 안전성을 논했지만
젊은 층들이 강하게 찬성하는 바람에
인간들이 타는 전동킥보드
발판에 동승 하여 등교하는 것이
달팽이 나라에선

빠르게 합법이 됐다,
인간 나라에선
어떨지 모르겠지만
달팽이 나라에서는
완전 합법이 되었다,
미성년자도
빠르게 등교가 가능해졌다,
동승 가능
완전 가능
인간 발에 밟혀 집을 잃거나
사망하거나 반신불수가
되거나
그런 위험 요소적인 부분은
제쳐두고
젊은 달팽이들은
빠르고, 실용적인, 혁신적인
교통수단에 열광했다,
자신이 가려는 곳과 비슷한 방향으로
향하는 전동킥보드를 보면
진득한 점액질 몸을 갖다 대고 본다
그리고

비슷한 목적지에 도착했다 싶으면
타이밍을 봐서 뛰어내리면 된다
타이밍을 잘 못 잡는다면
멍청하고 위험한 드라이브가 될 수도 있다
오늘의 나처럼
몇몇 구세대
달팽이들은
아이들이 흙을 훑으며 세상을 보고
자라게 해주세요!
전동킥보드 동승 반대!
라고 써진 피켓을 들고 시위도 하지만
빨리빨리 시대에
뭐든 놓치기 쉽지 않은가?
다들 킥보드 위에서 피켓에
써진 글자 따위 읽을 여유는 없다,
목적지에 맞춰 뛸 타이밍이나 세기 바쁘다
그렇지 않으면
오늘 내가
시험을 놓친 것처럼 진짜 놓치지 말아야 할 것들을
놓치기 때문이다

때마침 학교 쪽으로 가려는 전동킥보드를
발견해서 재빠르게
몸을 붙였다,
이쯤 되면 달팽이는 학교에서
무엇을 배우는지 궁금할 것이다
그건 기회가 돼서
다음에 만나면 알려주도록 하겠다
아 참! 내 이름은 디디
달팽이 디디라고 한다

달팽이 학교

난 우리가 또 만날 줄
알고 있었다
그렇다면
달팽이 학교에 대해서
알려 주겠다
달팽이 학교에서 배우는 건
정말 간단하다
느림을 배운다
태생부터 느리다면
배울 것은 느림밖에 없다
똑똑하게 느릴 것
바르게 느릴 것
겸손하게 느릴 것
차분하게 느릴 것
느림 속에서 얻는 방법을 배운다
보통 모든 학습은
거북이들이 맡고 있다
우리 선조들도 대단하지만
아주 먼 예로부터 무지막지하게
느리지만 성품은 선하고
긴 장수를 누리면서 겸손을 거스르는 법이

없으니 진정 스승으로 될

동물로 마땅하다

모든 선조가

인정했기 때문이다

우리 반 담임과 부담임은 영재와 성민이다

인간의 손에 길러지다가

어느 날

냇가에 유기되었고

어느 날

돌만 쳐다보고 있는

두 분을 보고

진정한 느림을 즐기고 있는

두 분의 모습의 감탄을 한 원장선생님은

그 즉시 달팽이 학교 선생님 자리를 두 자리 마련하였다

영재와 성민은

수업 시간에도

칠판을

보며 입을 띄는 속도가

매--------------우

느--------------리

----------------다

하지만 어쩌겠는가?
그들이 가르치는 게
느림의 미학이라는 과목이고
달팽이들과 본래 느린 존재들의
필수 덕목인 것을
진정 느린 이들에게 느림을
배우는 일은
달팽이 학교 외엔
그 어디에서도
배울 수 없다
느린 삶을 살며 다른 생명과 똑같이 가는 시간을
음미하는 법도
달팽이 학교 외에는
그 어디에서도 배울 수 없다
물론 우리도 학교 밖을 나가면
이젠 전동킥보드를 타고 등하교를
하지만 말이다

혼인서약문

나 수컷 아울은
평생을 당신의 보석 같은 눈동자 안에만
머물 것을 용맹한 발톱을 걸고 맹세합니다
우리, 라는 울타리를 절대 넘어가지 않을 것을
강철같은 다리를 걸고 맹세합니다
생이 다할 때까지 진실로 사랑만을 말하기를
야생의 뛰는 심장을 걸고 맹세합니다
나 암컷 아월은
평생 당신의 대지 같은 품에만 있을 것을
비단 같은 털을 걸고 맹세합니다
우리, 라는 울타리를 절대 넘어가지 않을 것을
쏜살같은 다리를 걸고 맹세합니다
생이 다할 때까지 진실로 사랑만을 말하기를
야생의 뛰는 심장을 걸고 맹세합니다
지금 시간부로 우리는 우리가 됨을 이야기합니다
진실로, 진실로 사랑함을 이야기하고
사랑 없인 절대 우리가 될 수 없음을 약속합니다
아울과 아월은 오늘부로
우리란 울타리가 생겼습니다
드넓은 대지에 보이지 않는 둘만의 우리가 있음을 알고
사랑 없이는 우리를 이야기하지 않기로 약속했습니다

땅과 땅의 끝이 어딘지 알 수 있을 만큼 둘은 달리기
시작하였습니다,
하늘의 끝을 모르는 달이 높게 솟아오르는 밤에
아울과 아월은
서로에게 우리이기로 약속했습니다

삐끗삐끗

전주천에 청둥오리 가족이
살았다
그들은 모두 4형제였다
그들 중 미운 오리 새끼는 단 한 명도 없었다
주워 온 자식도 없었으며 모두 연년생에
부모님이 고생은 꽤 했겠으나
말은 모두 잘 들었으며
자식들은 모두 부모의 뒤를 쫄랑쫄랑
잘 따르며 쑥쑥 자라고 있었다
그러던 어느 날
첫째가 이끼가 무성한 돌 틈 사이로 발을 헛디뎠다
삐끗했다
그 사건 이후로
첫째는 삐끗삐끗 걸었다
본래 오리는 뒤뚱 뒤뚱인 데
첫째는 삐끗삐끗 걸어서
혼자만 튀었다
넷이 나란히 걸으면 일
                    열종대였다
동생들은 첫째를 따르며
뒤뚱뒤뚱 걸음을 까먹기 시작했다

삐끗삐끗 걸음을 따라 하기 시작했다
어느새 넷이 걸으면

일   종
  열   대가 되었다
청둥오리들의 부모들은
전주천을 찾는 사람들이
미관상 우수한 우리
청둥오리의 걸음걸이가
하찮게라도 보일까 봐
걱정하였지만

어느 날부터인가
전주천에 나무를 깎는
사람들이
나타나자
전주천에
나무가 자꾸만
없어졌다
밑동만 남아
휑한

나무 위를 지나치는
사람들의 시선이
삐끗삐끗했다 전주천을 찾는 사람들은
어쩐지 모두 듬성듬성한
나무에 걸려
넘어지는 것 같았다
그래서 오리 가족은 걱정을 접어두고
따라오는 자식들의 숫자를 세었다
여전히 삐끗삐끗하며
잘 따라오는
자식들과
어긋나게 베어진 나무 밑동들과
그런데도
전주천에
사람들이
삐끗삐끗
하며
전주천을 따라
걸었다

이다빈

『기약 없는 맑은 날을 기다립니다』

시간은 사람의 의지와 상관없이 흐른다.
지구가 지나온 수십억 년의 시간에는
햇살만 있지 않다.
인간의 삶도 그러한 것 같다.
자연의 섭리인 것을…
자연을 비롯한 세상 만물에
인생의 진리가 깃들어 있다.
추적추적 비가 오래도록 내린 후에
해를 보면 더 반갑게 느껴지듯이
어둠 뒤에 오는 빛이
더욱 찬란하게 빛나는 법이다.
얼마나 눈부신 순간이
나를 기다리고 있을까.

2023. 봄과 여름 사이 어딘가.
이다빈

날씨

오랜만에 맑은 날을 보니
가슴이 두근거리며
어찌할 바를 모르겠다

설렘이 나를 지배하니
이날이 계속될 거라
착각 속에 빠져
다가오는 먹구름을
눈치채지 못했다

휴… 어리석구나
내 이럴 줄 알았다
날씨의 변덕이 이렇게 심해서야 원

이제 곧 비가 올 것 같은데
비를 피할 우산이 없다
이걸 어쩐담?

맑은 날이 오기가 무섭게
비구름이 머리 위로 덮쳤다

태풍

보슬보슬
한 방울,
두 방울
뚝 뚝
조금씩 거세지며
주룩주룩

범접할 수 없는 신이
걸그친다는 듯
후- 입김을 내뱉어
세찬 바람과 함께
거친 비가
정신 못 차릴 만큼
뺨을 때린다

이내 태풍까지 휘몰아치고
위협적인 소리와 함께
모든 것을 날려버리니
참혹한 광경을 마주하게 되어
겁을 잔뜩 먹고
몸을 한껏 움츠렸다

안개

날씨가 언제쯤 개려나

장마철 때처럼
기약 없는 맑은 날을 기다리며
일기예보도 없는 세상에

내일 분명 해가 뜰 것이라
맹목적인 믿음을 다지며
눈뜬 채 잠이 들고

어스름한 새벽녘에
한껏 기대에 차
창밖을 내다보니

한 치 앞이 안 보이게
안개가 온 군데를 점령했다

집 앞에 실존하던 길은
한순간에 환영이 되어버렸고,
망망대해 같은 곳을
넋이 반쯤 나간 채로
여기저기 헤집고 다녔다

미아

길을 잃어버린…
아니,
잃어버린 길

분명 앞에 있던
연기처럼 사라져 버린 길

이정표도 보이지 않는다
하, 이걸 어찌하지?

분명 똑똑히 보았거늘,
또, 잃어버렸단 말인가?

신기루였던 것일까
꿈이었던 것일까
망상이었던 것일까

나는 지금 어디에 있는가?
아무리 찾아봐도
나는 길을 잃었다

멈춘 하루

몇 번을 자다 깨다 자다 깨다
분명 날짜는 바뀌고
달력 종이는
쫓아가기 벅찰 정도로
후루룩 넘어가고 있는데

거울을 보면
얼굴의 잔주름은 하나둘
늘어나
세월이 느껴지고,
변해가는 모습이 보이는데

나의 하루는 끝이 나질 않는다
다음 날로 바뀌지 않고 있다
마치 이상한 나라의 앨리스처럼

정신을 못 차리게 혼란스럽다
진심으로 이곳을 벗어나고 싶다

불안

나침반 없이는
이정표 없이는
확실치 않다

앞으로 나아가기 두렵다
세상이 무섭기 시작한다

속고 있는 건 아닐까
의심까지 해본다

갈대처럼 휘휘
휘청이며 나부낀다

저러다 꺾일라
덜컥 겁이 난다

우연

이리저리 헤매다
우연히
저 멀리 보이는 길을 찾았다

있는 건지 없는 건지
확신할 수 없을 정도로
어렴풋이 보이는 걸 보아
샛길로 심하게 빠져버렸구나

그래도
존재가 분명한 거 같아

정신없이
허둥지둥
길을 잡으러 쫓아갔다

그래도
생각보단 빨리 찾은 거 같아
참 다행이야

운명의 장난

우연이라는 운명이
약 올리며 얄밉게
장난을 다시 치기 시작했다

약이 바짝 올라
속은 것이
부끄러울 정도로
분하다

철저히
운명에게 농락당해버렸다

쉽지 않은 결정

비가 그쳐 금방
해가 뜰 줄 알았더만
아직 희미한 빛만 보일 뿐
아직 멀었다니…

참으로 멀구나

알고는 있었지만,
이렇게 야속하게 멀 줄이야

금방 끝날 줄 알았더만
희망 아지랑이만 보일 뿐
형체는 없으니

참으로 힘들구나

예상은 했었지만,
이렇게 끝없는 아지랑이일 줄이야

어떻게 해야 할지
결단을 내려야만 하는데

참으로 쉽지 않다

홀로 남겨진

때로
이 세상 혼자인 듯
고독하고도 고독하다

때로는
곁에 아무도 없는 거 같아
사무치게 외롭다

때로는
혼자만 이 꼴인 것 같아
서러움이 울컥 솟구친다

쉼

결국 택한 길은 쉼
아직 때가 아닌 게지

사실,
선택지 없던 결정인걸

이 선택이
어딜 가리킬는지

전혀 반갑지 않은
이토록 원치 않는
휴식이 또 있을까

기약 없는 쉼

순애보

때가 오기를
그날이 오기를

올 때까지 기다린다

미련스러울 정도로…

이런 순애보가
따로 없다

無의 연속

여전히 뿌옇게 뒤덮이고
뭉게뭉게 앞이 안 보인다

어느 하나 명확한 것 없으니

이것저것
머릿속에 있는 것들을
하나씩 잡아 나아가려 하지만,

나에게 건네져 오는 건
無

다른 걸 시도해 봐도
나에게 돌아오는 건
無

계속 도전해도
無

운명

긴 기다림이 될 것이라
선명하게 직감이 되는데

이것이 운명이라면
피할 수 없다면

이 시간을 즐기리다

기다림이 더 기나
즐거움이 더 기나

다짜고짜
밑도 끝도 없이
경쟁해보리다

아마,
기다림이라는 운명은
즐거움에
처절히
굴복당할 것이다

기 도

경기 시작 전같이
기필코 이기리라
비장한 결의를 다지며
눈을 감고 숨죽여
마음을 가다듬는다

어느 존재에게
간절히 빈다
그것이 어느 존재인지
누구인지 모르지만,
간절하게 외친다

제발…
제발…
제발…

가스라이팅

그리곤, 나 자신을
단단히 세뇌시킨다
다른 생각 못 하도록

할 수 있다
할 수 있다

무조건
이겨낼 수 있다

분명
이겨낼 것이다

반드시
웃는 날이 올 것이다

무기와 방패

내가 내세울 수 있는
무기는 무엇인가

나를 지키기 위해
어떤 방패를 지닐 것인가

질긴 암흑을
이기기 위해
무엇이 필요한가

내면의 소리

눈을 꼬옥 감고,
어둠 속을 헤집어 보자

저 깊숙한 곳에
무엇이 들리는가
무엇이 보이는가

나의 목소리는
어디서 들리는가

모든 신경 세포를 곤두세워
집중해 보자
귀 기울여 보자

나는 도대체
무엇을 원하는가
나는 지금
어떤 것을 할 수 있는가
나는 어떻게
빛을 쟁취할 수 있는가

지구력

긴 싸움이 될지도
긴 여정이 될지도

언제 끝날지 모르는
그동안

석전경우*의 각오로
내 온몸을
둔갑시킨다

*자갈밭을 가는 소라는 뜻으로, 황도 사람의 인내심 강하고 부지런한 성격
을 이르는 말

뿌리

비바람에
끄떡 하나 않는
버텨낼 뿌리를
땅속 깊숙이

내릴 수 있는 만큼
더 지푸게*

더 진하게

긴 시간 동안
서서히
점층적으로

더 단단하게
더 견고하게
내리고 또 내린다

절대로 흔들리지 않게

*'깊다'의 방언(강원, 경상, 충청, 함경)

미래 예측

기다리고 있을
앞으로의 또 다른
장벽

하나,

장벽을 거뜬히
뛰어넘을 근력이
나에겐 생겼다

어떤 미래가 와도
그 불안한 미래를
예고 없이 마주해도

그날이 닥칠 때까지
더 키울 것이다
더 강해질 것이다

행운의 여신

끊임없이 두들기니
지성이면 감천이다

신이 보기에
노력이 보통 가상하다
느낀 게 아닌가 보다

불운이 여기저기
덕지덕지 붙은 나에게
이런 운이 따라준 걸 보면

여행 가방

쓸데없는 물건들로
터질 듯이 가득 찬
여행 가방

먼 길 여행인데
보기만 해도
무겁고 버겁다

하나씩 하나씩
조금씩 조금씩
빼다

가방을 거꾸로 들고
탈탈 털어
짐을 다 빼낸다

필요한 것들만
다시

적당히

비움

요즘 세상에
풍요롭다 못해
넘친다

넘치는 풍요로움은
나를 어지럽힐 수 있다

내가 품을 수 있는 건
한계가 있다
모든 것을 가질 수 없다

우리 오장육부가 그렇듯
요즘 세상의 우리 육신은

비워내야만 편안하다
비워내야만 평안하다

생각 안 하는 날

하루쯤은
한 달쯤은
일 년쯤은

깊은 생각 없이
철없이
마냥 해맑게
까불어도 되지 않을까

조절할 수 없는
내 맘 같지 않은
끝없는 생각

옭아매는
갉아먹는
생각의 족쇄

하루쯤은
한 달쯤은
일 년쯤은

아무 생각 안 하고
근심 없이
드넓은 자유를
헤집어도 되지 않을까

모순덩어리

지난 시간이
필름 펼쳐지듯
뇌리를 관통하며
촤르륵
스쳐 간다

지난날들이
한없이
길었지만
짧았다

지난 시간이
일어서지 못할 만큼
무거웠지만
깃털 같았다

과거로
절대로 다시는
돌아가고 싶지 않지만
젊음은 사무치게 그립다

지금, 이 순간

그럼에도 과거보단
현재
그럼에도 미래보단
현재

아니, 현재가 아닌
지금

그 어떤 것에도
얽매이지 않고

지금에 힘을
지금에 집중
내 모든 걸 지금

우연과 필연

일련의 우연이 모여 만들어진 필연
필연들이 다시 모여 만들어낸 우연

만고땡

이만하면
잘했다
잘 왔다

잘 버텨냈다
잘 이겨냈다

만고땡이다 정말

역설법

모래를
힘주고 잡으려 하는데
도통 잡히질 않는다
손아귀에 힘을 바짝 쥐도
자꾸 옆으로 도망간다

힘을 빼고 잡으려 하니
오히려 잡힌다
손아귀에 힘을 푸니
손에 고이 머물러 있다

미세먼지 0

뿌옇던 날들이
또렷해졌다

가시거리가
가늠이 안 될 정도로
저 멀리까지 보인다

그 어느 때 보다
청명하다

기상

긴 악몽에 시달리다
깨어났다
화들짝 침대를 박차고
일어난다

하루를 시작할 때이다
하루를 만들어 나가야 할 시간이다

새로운 세상

어제의 해와
오늘의 해가 같듯
현실은 바뀐 것이 없다

하지만,
나 자신이 바뀌었다
새로운 내가 되었다

그러자,
새로운 세상이 열렸다

목적지

목적지는 어디인가
사실 목적지는 어디든
상관없다

목적지를 가는 방향이
목적지를 가는 방법이
목적지를 가기 위해
닿는 모든 곳, 모든 순간이
가고자 하는 목적지이다

거북이

속도가 느리더라도
기어가더라도

괜찮다

가고자 하는 곳으로
가고자 하는 의지가
곧다면,
노력이 깃든다면,

다 괜찮다
기꺼이 느려도 된다

주인공

드라마 시점
주인공 시점

내가 세상을 살아갈 때
내가 보고 느끼는 것들
나의 시점

드라마의 해피엔딩
주인공의 해피엔딩
나의 해피엔딩

내 인생의
주인공은
중심은
나

내 인생에
어느 누가 와도
주인공이 될 수 없다
어느 누가 와도
비교할 수 없다

내 인생은
나의 고유의 삶이다
나만의 특별한 것이다

그 누구도
방해할 수 없다
그 누구도
망칠 수 없다

햇발*

햇발 가득히
세상 밝히며
온전한 빛이 되리라

*사방으로 뻗친 햇살의 순우리말

흩날리는 꽃잎

더 약하지도 않고,
더 세지도 않은
산들바람이 불어오고

흐드러지게 핀 꽃들 사이로
찬연하게 흩날리는 꽃잎을 맞으며
당신의 인생이 그랬으면 좋겠다

들꽃은 언제나 안부를 기다렸다

초판 1쇄 인쇄	2023년 5월 25일
초판 1쇄 발행	2023년 6월 7일

지은이	권수빈, 임수민, 주정현, 김송이, 이다빈
펴낸이	이장우
편집	송세아 안소라
디자인	theambitious factory
마케팅	시절인연
제작	김소은
관리	김한다 한주연
인쇄	금비PNP
펴낸곳	도서출판 꿈공장플러스
출판등록	제 406-2017-000160호
주소	서울시 성북구 보국문로 16가길 43-20 꿈공장 1층
이메일	ceo@dreambooks.kr
홈페이지	www.dreambooks.kr
인스타그램	@dreambooks.ceo
전화번호	02-6012-2734
팩스	031-624-4527

ISBN	979-11-92134-43-7
정가	14,000원